LA CLANDESTINE

Liliane Siegel

LA CLANDESTINE

Récit

MAREN SELL & CIE
41, rue Dauphine, 75006 Paris

A Dominique Hervé et François Truffaut,
interlocuteurs et amis d'exception
tous deux disparus.

C'est si total une présence,
C'est si radical, l'absence.
Simone de Beauvoir

« Car les apparitions d'un témoin inattendu, d'une photo méconnue, d'un enregistrement de la voix de Sartre sont souvent venues ébranler des grands pans de l'enquête. On croit connaître, on croit savoir, et puis, soudain, un document imprévu vous bouscule, vous surprend, et vous oblige à recommencer encore. Parfois, par contre, c'est une pièce manquante du puzzle qui vous obsède et qui vient vous hanter jusqu'à la découverte. »

Annie Cohen-Solal,
Sartre, 1905-1980

Voici une des pièces manquantes du puzzle.

Lorsque j'entrai dans la vie de Sartre, il y avait, en dehors de Simone de Beauvoir qui la partageait totalement, quatre femmes, je fus la cinquième.

Chacune avait « son Sartre » et, bien qu'il restât pour ce qui le concernait fondamentalement le même avec toutes, je sais que ses relations furent différentes avec chacune.

Ma situation de « clandestine » m'octroyait un avantage : je saurais tout; car il fallait prendre garde de ne pas nous trahir, en particulier lorsqu'il décida de « m'introduire officiellement dans sa vie », comme il disait.

A partir de ce moment-là, et jusqu'à sa mort, je fus munie d'un lourd fardeau : dix années à cacher.

Les occasions de me perdre furent nombreuses en dix années, elles créèrent des situations difficiles, parfois cocasses, toujours injustes et souvent douloureuses.

Je n'étais pas très à l'aise en présence de l'une ou de l'autre, mais je n'avais pas le choix : on ne rompt pas avec Sartre.

J'ai très longtemps vécu comme une tragique fatalité de n'avoir pas eu le choix de mon sexe. Ma mère n'aimait pas les filles, plus précisément, elle ne supportait pas l'idée d'être responsable de l'avenir qui les attendrait :

> « Quand on est pauvre, il ne faudrait pas faire d'enfants et surtout pas de filles. »

La contraception n'existait pas, et ma mère était farouchement opposée à l'avortement. Son second enfant fut un fils, elle se résigna la mort dans l'âme à subir les cinq grossesses qui suivirent dans l'espoir que ce seraient des garçons.

« Les hommes ont des vies bien plus faciles. »

C'était son point de vue, elle le tenait de son expérience et elle savait de quoi elle parlait.

Je naquis la cinquième, je reste persuadée que son dépit augmenta en fonction de l'espoir qu'elle fondait à chaque fois d'avoir un autre fils. Elle eut six filles et un « FILS ».

Elle l'appela mon fils, mon roi, mon saint, jusqu'à sa mort.

J'ai rêvé secrètement durant de longues années à la douceur d'être choisie et – par-dessus tout – de n'être pas partagée. Le sort me fit naître la cinquième, une curieuse coïncidence m'attribua le cinquième rang dans la vie de Sartre.

> « Avec moi, tu bénéficies d'un bel avantage, tu seras la petite dernière, je n'ai plus de place pour personne. »

Sartre s'acharna près de dix années à me démontrer qu'il tenait à moi. Il me fallait sans cesse des preuves, on ne lâche pas facilement l'idée que l'on s'est faite de sa petite enfance.

Bien que notre rencontre eût pour origine la lettre qu'un jour j'envoyai à Sartre, j'ai compris plus tard que c'est lui, et lui seul, qui choisit d'établir une relation entre nous et de m'installer dans sa vie.

> « N'essayez pas d'échapper à votre mal, cherchez ses causes et cassez-les. »

Comment aurais-je pu deviner le long et douloureux labeur qui me permettrait de les découvrir?

I

1

Lorsque mon frère m'annonça la mort de ma mère, je voulus l'étrangler. Probablement pour le contraindre à ravaler ce qu'il venait de dire, et l'empêcher en me donnant des détails de m'obliger à le croire.

Mais le mot était lâché.

Je n'oublierai jamais la couleur du ciel de ce 21 janvier 1960. Un ciel d'hiver comme je les aimais, d'un bleu de porcelaine, comme on en voit seulement à la montagne. Pendant tout le trajet qui m'amenait rue Clauzel où j'allais rendre visite à mon frère, sa femme et leurs deux enfants, je ne pouvais en détacher les yeux. J'avais longuement hésité : prendrais-je le métro? Non, il faisait si beau, je me décidai pour l'autobus, quitte à changer deux fois. On ne va pas sous terre avec un ciel pareil!

A mon arrivée mes neveux me firent la fête, mon frère était encore en pyjama. Ma belle-sœur répartit les tâches : nous irions ensemble faire le marché, elle et moi; mon frère pendant ce temps mettrait le couvert.

J'aimais ces rues du 9e arrondissement; je trouvais ce quartier vivant, il y avait encore à cette époque des marchandes de quatre-saisons qui vantaient leurs produits avec un accent populaire qui m'était familier. Les deux paniers d'osier furent rapidement remplis. La lumière était si belle que je m'attardai devant un étal de fleurs et en achetai une énorme brassée, regrettant de ne pouvoir les assortir à la couleur du ciel.

De retour à l'appartement, je trouvai la pièce qui servait de salle à manger comme je l'avais laissée. Ma belle-sœur était allée dans la cuisine vider les paniers remplis de victuailles. Furieuse, j'allai chercher mon frère dans la pièce voisine.

– Tu charries, quand même, tu aurais pu au moins mettre le couvert!

Il était assis sur son lit, près du téléphone, l'air hagard, le teint verdâtre. Il ne dit pas un mot, mais j'eus immédiatement la certitude de ce qu'il avait à m'annoncer. Je sentis mon cœur s'accélérer, il me semblait que j'allais défaillir.

– Sammy, dis-moi quelque chose, ne reste pas comme ça... Ne me dis pas que Maman est morte!

Il se leva brusquement, se cacha le visage dans les mains et sanglota comme un enfant. Je me jetai sur lui, le saisis à la gorge en hurlant :

– Dis-moi que ça n'est pas vrai, dis-le (je serrais son cou en vociférant), dis-le que ça n'est pas vrai...

Il se dégagea doucement et ôta ses lunettes. Sans oser me regarder, après un long moment, il murmura :

– Une dame a téléphoné : « Monsieur Sendyk? Je vous appelle de la part de votre père, il m'a prié de vous dire que votre mère est décédée, il vous rappellera plus tard. »

Je me précipitai sur mon manteau, pris mon sac et m'enfuis. Je fus alors envahie par un terrible sentiment d'impuissance, je sus avec certitude que ma vie allait basculer : il me faudrait tout repenser.

En novembre 1959, j'accompagnais ma mère à la gare, elle faisait son premier voyage en wagons-lits, elle avait cinquante-six ans. Deux mois plus tard, je la retrouvais au cimetière dans un cercueil plombé.

Le sommeil me quitta. Mon seul remède était la lecture. Je m'y plongeais désespérément, je me complaisais dans l'atmosphère morbide de *Malone meurt* de Samuel Beckett. Ce long questionnement convenait à merveille à mon état. Je croyais naïvement comprendre le contenu du roman. Fadaises! Je ne savais pas « lire » à cette époque, j'étais trop uniquement tournée vers moi. Néanmoins Beckett était mon refuge. J'ai tout englouti. Je lus toute son œuvre, mais retrouvais Malone quotidiennement avec un entêtement suspect. Paradoxalement, j'entrevoyais dans *Le Petit Prince* de Saint-Exupéry que je venais de découvrir des lueurs d'espoir qui m'aideraient à sortir de mon gouffre.

> « Qu'est-ce que signifie apprivoiser?
> – Ça signifie créer des liens...
> – Mais si tu m'apprivoises, nous aurons besoin l'un de l'autre. Tu seras pour moi unique au monde, je serai pour toi unique au monde...
> – Si tu m'apprivoises, ma vie sera comme ensoleillée. »

Dès le petit matin je commençais d'être heureuse en attendant le moment où « l'homme que j'aimais d'amour », mon prince, arrivait. Mais étais-je unique à ses yeux? Personne n'est unique, sauf une mère...

Je dévorai *La Force de l'âge* de Simone de Beauvoir. J'en sortis émerveillée, bouleversée, envieuse.

Ainsi, il existait un être qui pouvait dire : « S'il me disait un jour, rendez-vous dans vingt-deux mois exactement, à dix-sept heures, sur l'Acropole, je serais assurée de le retrouver sur l'Acropole, à dix-sept heures, exactement, vingt-deux mois plus tard. D'une manière plus générale, je savais qu'aucun malheur ne me viendrait jamais par lui, à moins qu'il ne mourût avant moi. »

Cette phrase me hantait. J'y puisais avec complaisance l'évidence de mon désespoir : mon malheur ne venait-il pas de ma mère, elle qui avait osé mourir avant moi?

Je me rends compte aujourd'hui que cette frénésie de lecture était une fuite : dès que j'éteignais la lumière, je revoyais ma mère m'attendre à la fenêtre et me faire d'interminables signes de la main. Je l'entendais dire à qui se trouvait avec elle : « Franchement, madame, mais franchement, vous avez déjà vu quelque chose de plus beau? Mais regardez-la bien, des pieds à la tête, ce n'est pas parce que c'est ma fille... » A l'époque je supportais mal ces débordements, je trouvais qu'elle manquait de tact. Mais qui dorénavant aurait pour moi ce regard? Je la sentais présente, je saisis qu'elle était morte, que je ne l'entendrais plus, ne la verrais plus venir ou rire ou pleurer. Était-ce le fait de ne pas l'avoir vue morte qui m'empêchait d'accepter l'idée du jamais plus? C'était toute la souffrance due à cette présence illusoire, ravivée par l'obscurité que je fuyais en m'accrochant désespérément à la lumière, c'est tout cela que je tentais d'oublier en dévorant livre sur livre.

Je commençai la lecture de *Aden-Arabie,* de Paul Nizan, préfacé par Sartre. Dès le début de l'avant-propos j'eus le sentiment étrange que ces mots étaient pour moi. Je me les appropriai puisqu'ils répondaient à ma détresse.

> « Nous étouffons, dès l'enfance on nous mutile [...] vous mourez de modestie, osez désirer, soyez insatiables [...] ne rougissez pas de vouloir la lune. N'essayez pas d'échapper à votre mal, cherchez ses causes et cassez-les [...]. Un jeune homme est venu me voir [...]. »

Je terminai le texte, posai le livre, pris une feuille et un stylo et écrivis à Sartre.

> « Un jeune homme est venu me voir... »

Je me souviens essentiellement de deux phrases de la lettre que je postai à cinq heures du matin, de peur d'y renoncer un peu plus tard. La première faisait référence à ce rendez-vous sur l'Acropole; la seconde, pour faire bon effet sans doute, terminait la lettre ainsi : « Et ne me répondez pas que vingt ans est le plus bel âge de la vie. »

A cette époque j'étais désespérée au point d'être assez folle pour écrire une lettre à Sartre, espérer une réponse sans trop y croire et cependant douter fortement que quiconque puisse s'intéresser à moi.

Quand ma mère était encore en vie, mon fils et moi habitions avec mes parents une petite maison du 20e arrondissement. Je n'avais pas le choix : lorsque je m'étais séparée de mon mari, je n'avais pas les moyens de vivre seule. Mais les quatre années passées avec ma mère furent un vrai bonheur. Après en avoir rêvé toute mon enfance, je l'avais enfin toute à moi.

Sa mort subite eut des conséquences immédiates sur l'organisation de notre famille. Il fut décidé que quelqu'un devait s'occuper de mon père. Comme je travaillais toute la journée (j'étais vendeuse dans une boutique de luxe et ne rentrais que le soir), mon fils allait à l'école dans le quartier et devait aussi être pris en charge. Bref, il leur parut aller de soi que ce rôle revienne à ma sœur aînée, Fanny. Elle s'installa donc avec son mari et sa fille dans une des deux pièces de la maison. L'autre chambre était à mon père. Mon fils gardait sa place. Ma mère, se sachant condamnée, avait souvent répété à mon père : « Après ma mort je ne veux pas qu'on joue au football avec mon petit-fils. »

J'osai alors demander où ils comptaient me mettre...

Le bouleversement total que provoquait cette mort fut sans doute responsable de la précipitation avec laquelle cette décision fut prise. La réponse à ma question fut un vague : « On trouvera bien une solution... » Mais il n'y avait plus de place pour moi dans la maison. J'étais à la rue. Je n'acceptais pas l'idée de devoir quitter la maison de ma mère. La seule possibilité d'y rester paraît aujourd'hui sordide : je pouvais m'installer à la cave. C'est ce que je fis.

C'était une ancienne remise à charbon. Une des parties s'enfonçait dans la terre et l'autre rejoignait de plain-pied une espèce de cour.

Ma sœur Léa avait repeint la pièce. Mon père me donna une vieille moquette, une armoire et un lit; mon frère m'apporta une table et une commode.

On passait sans transition du sol en terre battue de la cour dans une sorte de cuisine rudimentaire que l'on avait aménagée. Seule une mince porte en bois m'isolait de l'extérieur. Cette espèce de cuisine donnait accès à l'unique pièce dans laquelle je vivais. La lumière du jour y pénétrait à peine : je devais laisser fermée en permanence l'unique fenêtre parce qu'elle donnait dans la cour. La peur des rats, des voleurs, toutes les peurs de la petite enfance refaisaient surface, il fallait même, comme lorsque j'étais toute petite, sortir dans le noir pour aller aux W.-C. situés dans la cour.

Cependant, aménagé progressivement par « l'homme que j'aimais d'amour », l'endroit devint presque vivable, sa présence me le rendait agréable, son absence insupportable.

Dans ce réduit je vivais seule, avec le chien de ma mère, que j'avais gardé avec moi : il passait ses journées sur mon lit, sans même monter à l'étage, à m'attendre jusqu'au soir...

En sortant du travail, je restais un moment en haut pour embrasser mon fils qui ne descendait jamais dans ma « cave ». Puis je rentrais « chez moi ».

Mais depuis peu, il y avait dans ces ténèbres une lueur d'espoir, impalpable, incertaine, l'éventuelle réponse de Sartre à ma lettre.

Pendant des semaines, je guettai le facteur dont j'entendais les pas dans la rue. A la moindre enveloppe qu'il déposait, je me précipitais pour ouvrir la boîte aux lettres. En vain, je ne recevais pas de réponse de Sartre. Je m'efforçais d'oublier tant bien que mal, jusqu'au matin où mon père m'annonça nonchalamment :

– Tiens, il y a « ça » pour toi.

C'était une petite enveloppe blanche. Je la retournai pour en connaître l'expéditeur : j'eus du mal à cacher mon trouble : « J.-P. Sartre, 42, rue Bonaparte, Paris 6e. »

Je cherchai la date de l'envoi. Je découvris que Sartre m'avait envoyé ce pneumatique qui me fixait un rendez-vous quarante-huit heures après avoir lu ma lettre...

Mon père l'avait reçu en mon absence et l'avait enfoui dans sa poche où il était resté pendant toutes ces semaines!

Je tenais l'enveloppe dans ma main.

« Mademoiselle,

« J.-P. Sartre, qui a bien reçu votre lettre, vous recevra volontiers vendredi 22 juillet à 12 h 30, 42, rue Bonaparte (4e gauche). Voulez-vous me téléphoner pour me confirmer votre accord.

Claude Faux *. »

Nous étions en septembre. Je pleurai de dépit. J'avais manqué mon rendez-vous.

Je m'efforçai de comprendre l'attitude de mon père : pourquoi m'avait-il fait ça?

Nos rapports avaient toujours été très difficiles. C'était un homme froid et renfermé. Ma mère avait tenu un rôle prédominant dans la famille. Elle voulait et réussissait à compter en premier pour tout.

Elle n'avait toujours laissé à mon père qu'un rôle secondaire, l'empêchant sans doute toute sa vie d'exprimer quoi que ce soit.

A la mort de ma mère, j'avais essayé de me rapprocher de mon père : j'étais allée vers lui en lui demandant implicitement de la remplacer. Ce fut un échec.

Quand je découvris qu'il avait osé me priver de cette bouée tant attendue, la lettre de Sartre, je compris que cet acte était une sorte de vengeance de la part d'un homme frustré, une façon à lui d'affirmer son existence, même par un acte aussi négatif.

Et Sartre, qu'avait-il pensé?

Il avait pensé, il me le dirait plus tard, que j'avais changé d'avis ou que je m'étais suicidée. Il avait montré ma lettre à une amie graphologue pour lui demander son avis.

* Secrétaire de Jean-Paul Sartre à cette époque.

« Non seulement cette petite est dans la merde, mais si vous voulez mon avis, il faut l'aider vite. »

Je décidai de lui écrire la vérité. Cette fois je guettai le facteur tous les jours.

Je m'impatientais, m'apitoyais sur mon sort, détestais chaque jour un peu plus mon père puis, pleine de rancœur, m'efforçais de ne plus y penser.

J'ignorais tout simplement que Sartre était absent de Paris.

Quand la réponse arriva, trop émue pour la lire sur-le-champ, je retardai le moment d'ouvrir la lettre. Enfin je me décidai.

« Voulez-vous venir jeudi à 10 h 30 (du matin). »

A huit heures, j'étais à Saint-Germain-des-Prés.

Je m'installai dans un café, regardai les passants. J'aurais voulu être capable de les interpeller pour leur dire : « Devinez avec qui j'ai rendez-vous! » Ils m'auraient prise pour une malade mentale. Dommage! j'aurais aimé partager la joie que je ressentais. Il me semblait que je les aimais tous. Pourtant la dernière fois que j'étais venue dans ce café, je m'y étais sentie seule et terrorisée. Une radio déversait les nouvelles, le café était bondé, les gens étaient muets. On attendait le débarquement (du putsch d'Alger). Ce jour-là, tout ça me semblait si loin, Saint-Germain-des-Prés c'était mon rendez-vous avec Sartre.

Le temps passait trop vite, l'heure venue, je faillis renoncer. Enfin je montai lentement les quatre étages, m'éternisai devant la porte, puis me décidai à sonner.

J'entendis des pas derrière la porte, je crus alors que mon cœur allait cesser de battre. J'aurais voulu disparaître... trop tard. Sartre était devant moi.

Mon trouble se dissipa en partie lorsque je pensai en le regardant : « Les photographes s'acharnent à le montrer laid; il n'est pas laid. Sans doute ceux qui ne l'aiment pas le déforment volontairement... »

– Je suis heureux que vous soyez venue (d'un geste de la main il m'invita), entrez dans mon bureau, nous n'y serons pas dérangés, asseyez-vous là (il m'indiqua un fauteuil), je crains de ne rien avoir à vous offrir à boire à cette heure-ci.

Il contourna son bureau et s'assit à son tour. Sa voix grave acheva de m'intimider. J'étais muette. Il me regardait, attendait silencieusement. Après un très long moment, j'entendis :

– Eh bien, pour quelqu'un qui voulait me voir, vous n'êtes pas très bavarde; car c'est bien ça que vous vouliez, n'est-ce pas?

J'étais paralysée, incapable d'émettre un son.

– Venez, je vais vous montrer quelque chose.

Il se dirigea vers la fenêtre, l'ouvrit.

– Venez, il y a une très jolie vue.

Je me levai à mon tour et le rejoignis.

– Regardez, c'est beau cette longue rue, tout au bout c'est la gare Montparnasse *. Ça n'est pas toujours ainsi, mais aujourd'hui, avec cette lumière, ce ciel bleu...

– Je déteste le ciel quand il est bleu...

– Vraiment, et pourquoi ça?

– Parce que, après chaque hiver, ma mère se mettait à la fenêtre, quand le ciel était bleu, et elle disait : « J'ai encore gagné un hiver. »

– Vous savez, j'ai cru que je n'entendrais jamais le son de votre voix. Voulez-vous une cigarette?

Il avait regagné sa chaise, et me tendait un paquet bleu foncé que je voyais pour la première fois.

– Elles sont grosses, vos cigarettes.

– Oui, c'est du vrai tabac, je regrette, je n'en ai pas d'autres.

Trois brefs coups de sonnette me firent sursauter au milieu d'une phrase, Sartre se leva.

– Nous reprendrons notre conversation une prochaine fois, c'est promis, à présent c'est moi qui vous contacterai.

Il se dirigea vers l'entrée, ouvrit la porte.

* Il s'agit de l'ancienne gare Montparnasse; elle n'était pas située au même endroit que celle reconstruite depuis.

– Je ne suis pas en avance, au moins?

– Non, non, vous êtes parfaitement à l'heure, Castor, comme d'habitude.

> « S'il me disait un jour, rendez-vous dans vingt-deux-mois... »

Ma gorge se noua.

– Liliane Zziegel, dit Sartre.

– Bonjour, mademoiselle, dit Simone de Beauvoir.

Je descendis les quatre étages lentement, attribuant une phrase à chaque pas. Comme elle est belle, disait le pied gauche; comme il est gentil et simple, disait le pied droit. Dehors, la lumière m'éblouit, je traversai la rue Jacob et levai les yeux vers l'horloge de l'église : il était treize heures trente-cinq. J'étais sur un nuage. Mes pensées se bousculaient. Les images du passé se mêlaient à celles du présent. Je me revoyais petite fille, me cachant à la sortie de l'école. La « sale petite youpine » qui crevait alors de honte à l'idée qu'on puisse accoler une image réelle aux injures qu'on lui lançait – voir son père et sa mère crier « Marchands d'habits! » dans la rue –, aujourd'hui elle était fière et crevait d'envie de crier à tous qu'elle avait vu Sartre et Simone de Beauvoir, qu'ils lui avaient parlé et qu'elle allait les revoir. Elle n'était donc pas aussi indigne qu'on le lui avait répété pendant tant d'années.

Je rentrai chez moi, et notai scrupuleusement mes trois premières heures avec Sartre.

« Nous reprendrons cette conversation, c'est promis », avait dit Sartre. Je m'accrochais à cette phrase, chassais de mes pensées l'idée qu'il pût manquer à sa promesse. Après deux semaines d'attente, le doute s'installa en moi.

A cette époque – ça n'a guère changé depuis –, j'attachais à chaque mot une valeur absolue. Je ne cessais de me répéter : il a promis. Aussi, lorsque j'entendis sa voix au téléphone, j'étais à la fois stupéfaite et, dans le ressentiment, incapable d'émettre un son.

– Je ne vous oublie pas, je serais content de vous voir...

mais je n'ai pas beaucoup de temps. Dites-moi comment ça va. Je vais me débrouiller pour trouver un moment, soyez bien, à bientôt.

J'ai souvent repensé à ce coup de téléphone, sur le moment j'étais certaine d'avoir tout gâché, aujourd'hui je suis persuadée que Sartre ne m'aurait jamais envoyé un pneumatique sur-le-champ s'il n'avait compris ce que cachait mon mutisme.

Je tenais sa lettre avec précaution. L'écriture était belle et très facile à lire. J'en fus étonnée. Je découvris son souci de la précision, et cela m'amusa; il écrivait à deux reprises après 10 h 30 et 11 h 30-12 h « le matin ». J'ignorais alors qu'il pouvait donner rendez-vous très avant dans la soirée à ses proches.

> « Voulez-vous venir jeudi à 10 h 30 (du matin), je sais que ça vous embête *. Mais si je veux vous voir vite, je n'ai que ce moment-là. Si ça va – et même si ça ne va pas –, ne vous dérangez pas pour répondre : je serai là, de toute façon, au travail et ce ne sera pas un " lapin " que vous me poserez, simplement appelez vers 11 h 30-12 h (matin) pour qu'on prenne un autre rendez-vous. Ça me fait plaisir de vous revoir et je suis content que vous travailliez **. »

Lorsque je sonnai à sa porte pour la deuxième fois, j'eus l'agréable sensation d'être attendue. Sartre m'ouvrit presque aussitôt. Il me serra fermement la main.

– J'aime les gens qui sont exacts. Entrez, vous connaissez le chemin. Asseyez-vous. (Il s'assit à son tour.) Ça n'allait pas bien fort l'autre jour?

– J'ai été surprise. A vrai dire, je n'attendais plus de vos nouvelles.

* Cette remarque était faite par assimilation aux différentes femmes oisives qu'il avait dans sa vie et qui se levaient tard. Ne me connaissant pas, il ignorait que je travaillais et me levais tôt.

** Pour Sartre, « travailler » signifiait « écrire ».

– Vous voulez dire que vous en attendiez au contraire, il ne faut pas m'en vouloir, ma vie est très encombrée.

– Mais...

– Ne dites pas « mais », c'est sot. J'étais embêté de vous sentir désemparée au téléphone, alors, comme vous voyez, je vous ai mise sur mon travail.

– Il ne...

– Cessez de dire des âneries, quand on commence quelque chose il faut aller jusqu'au bout. Parlez-moi un peu de vous, vous voyez, le ciel est encore bleu, il faut apprendre à vous y faire.

– Je suppose que ça viendra...

Un bruit sec me fit sursauter.

– Ne vous inquiétez pas, ça doit être ma mère qui s'est mis en tête de faire du ménage. Eh bien, mais voilà qui est nouveau, vous savez donc sourire, qu'est-ce qui vous fait sourire?

– Je ne sais pas, vous...

– MOI?

– Oui, tout est si simple avec vous, vous, vos paroles, je ne vous imaginais pas ainsi.

– Et comment m'imaginiez-vous donc? Comme un Monsieur guindé, utilisant des mots savants, assis sur le bord de sa chaise, fat ou pompeux?

– Pas tout à fait tout de même.

Sartre me regardait en souriant.

– Allez, je vous fais marcher, je comprends ce que vous voulez dire. Mais ce sont les gens qui viennent me voir qui sont intimidés, ça n'est pas moi qui cherche à les mettre mal à l'aise. Je trouve ça fâcheux d'ailleurs, on perd beaucoup de temps...

– Ça n'est pas si simple...

– Qu'est-ce qui n'est pas si simple?

– Vous n'êtes pas n'importe qui...

– Si j'étais n'importe qui, comme vous dites, vous ne seriez pas là, qu'en dites-vous?

– Oh, là, là...

– Que se passe-t-il?

– Je trouve que ça n'est pas si simple...

– Mais si, c'est simple, je voulais savoir jusqu'où je pouvais aller. Mais ne vous inquiétez pas, c'est ma manière de faire. Après tout, je ne connais que peu de chose de vous.

Sartre m'expliqua qu'il partait pour deux semaines, qu'il serait heureux de me voir à son retour si je le voulais bien, et me donna rendez-vous au bar du Pont-Royal à seize heures trente. Ce jour-là il m'exposa minutieusement son emploi du temps.

– Comme vous pouvez le constater, il n'y a guère de place pour vous. Allez, ne faites pas cette tête, si ça vous va, nous nous verrons le mardi de seize heures trente à vingt heures. Je n'ai pas d'autre heure.

2

La vie de Sartre était organisée avec une minutie absolue.

Il y avait, bien sûr, le temps inamovible que Sartre partageait avec Castor, et c'était avec elle qu'il en passait le plus. Ses heures de travail étaient sacrées, il fallait un événement tout à fait exceptionnel pour qu'il en retranche quelques minutes. Puis, comme il disait, le temps de Wanda, de Michelle, d'Arlette et d'Évelyne. Enfin le mien.

Nous nous voyions le mardi à seize heures trente, comme je l'ai dit, les premiers temps, au bar du Pont-Royal ou dans des cafés.

Sartre ne voulait pas me recevoir l'après-midi rue Bonaparte car il n'était pas seul et craignait que nous soyons dérangés.

Plus tard, il quitta sous la contrainte – son appartement avait été plastiqué par l'OAS – la rue Bonaparte et j'allais le chercher là où il logeait.

De temps en temps, il me proposait un déjeuner, m'expliquant que Michelle ou Arlette était souffrante, ou le plus souvent absente. A cette époque, il vivait rive droite avec Castor et nous allions déjeuner dans le quartier.

Lorsqu'il emménagea boulevard Raspail, les choses se compliquèrent, en tout cas pour moi, comme nous le verrons par la suite.

Sartre m'avait détaillé sa vie, précisé qu'il mentait à tout le monde sauf au Castor, qu'il me dirait tout, mais que personne en dehors de Castor * ne devait savoir que j'existais.

Devant ma stupeur, Sartre m'expliqua qu'il voulait la paix avant tout, que le pli était pris, et que finalement ça l'amusait plutôt tous ces mensonges, que ça mettait un peu de piment dans certaines relations, des habitudes usées en quelque sorte.

Lorsque je lui demandais pourquoi il préférait me cacher, il me regardait avec un sourire malicieux et me disait : « Vous verrez, bientôt, vous voudrez davantage, et comme je vous ai mise sur mon temps de travail parce que je n'en ai pas d'autre, si je vous annonce, après vous avoir dit que vous serez la petite dernière, qu'il y en a une autre, vous me ferez des scènes et, je vous l'ai dit, je veux avoir la paix. »

Sartre était particulièrement habile pour faire parler les gens. Il détectait le moindre truquage, le plus petit mensonge, il interprétait les silences, épiait les expressions du visage, passait tout au peigne fin. Il était sans concessions, revenait sur une phrase, exigeait des précisions : « Je ne peux pas vous comprendre, il me manque un détail. Si on vous a dit " ça ", qu'aviez-vous dit au juste avant? »

Il lui fallait tout savoir ou rien.

Une lettre datée de 1963 est un exemple particulièrement parlant de ce besoin de « questionnement », de cette curiosité insatiable qui le caractérisaient :

> « [...] Je n'y comprends rien – comme toujours à tes premiers récits. Il faudrait te poser des questions.
> « Par exemple : toi, t'es-tu emmerdée (je veux dire : en dehors de cette histoire)? Où bouffes-tu? pourquoi dis-tu : " Je ne me sens pas blanche ", alors que ta lettre est une double justification : de toi, de sa conduite à lui **? qu'est-ce qu'il faisait dans la " boîte "? Il y avait des filles? des copains? Pourquoi était-il si désespéré puisqu'il avait, après tout, trouvé

* Et de tous les proches de Castor, dont Évelyne.
** Il s'agit de Gérald, mon fils.

le moyen de continuer à rester? Et n'a-t-il pas inventé (un peu) ce profond ennui pour justifier le fait qu'il passait ses nuits dans un bar? Qu'est-ce qui l'y retenait jusqu'à 5 h du matin (huit heures de suite); qu'est-ce qu'il dépensait là-bas? Pourquoi les pneus avant *(les deux à la fois)* ont-ils éclaté? (Trop vieux, ou quoi?)

« [...] Faute de savoir tout ça, je ne peux te donner ni avis ni conseil : pense que je le regrette mon pauvre petit. Mais il m'est impossible de savoir s'il a fait exprès de gâcher ses vacances (sur un fond d'ennui et dans une situation difficile, je veux bien) et de se faire trouver par toi comme ça, ou si réellement il n'y avait pas d'autre moyen de tuer le temps. En fait, il y en avait *cent autres* mais pas pour lui et, de toute façon, c'est bien ce qui m'embête.

« [...] si tu m'as *tout* dit, je ne vois pas pourquoi tu te sens en faute...

« [...] tu as fait ce que tu as pu pour l'envoyer au bord de la mer, dans un endroit qui lui avait plu.

« [...] Tu l'as rejoint là-bas – tout en lui laissant ton auto –, ce qui était une manière de ne pas le laisser tout seul... Il t'a demandé (il avait raison) de payer plus cher pour qu'il ait sa chambre à lui, tu as accepté; tu as trouvé une note supplémentaire (balles, nettoyages, repas en dehors des heures) et les régleras sans protester (en fait as-tu protesté?). Je ne pense pas qu'on puisse faire mieux.

« Du coup, tu ne me parles pas de toi (ce qui est, avoue-le, fort rare). Tout est pour lui. J'aurais voulu savoir comment ça s'est passé *pour toi*. Comment tu vivais à Bandol...

« J'en suis réduit à supposer que ce n'était pas trop mal puisque tu n'es pas partie...

« Écris-moi au reçu de cette lettre. Je m'inquiète de toi (après m'être un peu irrité parce que tu ne m'as pas donné les moyens de comprendre ce qui s'est passé, la tendresse a repris le dessus, petite, et je suis *avec toi*). Je pense que tu as retrouvé ton homme (comme tu dis) et que ça te fait du bien.

Je t'embrasse très fort. »

De la même manière, il répondait à toutes mes questions. Avant que Sartre ne s'installe boulevard Raspail, comme nous nous voyions dans des cafés, il me questionnait surtout sur ma famille, mon milieu, mon métier, « l'homme que j'aimais d'amour » (comme il disait), mon fils Gérald, alors âgé de neuf ans, et surtout sur la mort de ma mère. Peu à peu, ma timidité disparaissait, je parlais plus volontiers, je prenais goût à nos rencontres, nos conversations. Lorsque Sartre m'annonça qu'il partait en voyage, je m'assombris.

– Pauvre petite, vous arrivez trop tard dans ma vie.

Je me sentais dépassée par les événements. Tout allait si vite. Je n'avais pas imaginé que Sartre prendrait une place aussi importante dans ma vie, en si peu de temps.

J'éprouvais des sentiments multiples. J'étais flattée qu'il pût s'intéresser à moi, mais ne comprenais pas en quoi je pouvais l'intéresser.

Je redoutais qu'à la réflexion, pendant cette longue absence, il ne me trouvât trop inculte, superficielle et qu'il changeât d'avis.

J'ignorais alors à quel point et de quelle manière il pouvait s'intéresser aux gens.

Je savais qu'il racontait à Simone de Beauvoir, dans le détail, tout ce qu'il faisait sans elle. J'avais depuis très longtemps une grande admiration pour elle, et m'aventurai un jour à demander à Sartre ce que Simone de Beauvoir pensait de notre relation.

– Elle est enchantée de savoir que vous travaillez, que vous gagnez vos sous, et ça vous rend tout à fait sympathique à ses yeux.

Sur le moment, je trouvai cette réponse plutôt limitée. Sartre, qui guettait sans cesse (c'était une habitude chez lui) la moindre réaction sur les visages, s'empressa d'ajouter :

– Vous comprendrez plus tard que c'est un excellent début.

Nous devions nous revoir avant son départ en vacances, il ferait tout son possible.

– Je vous écrirai, vous pourrez m'écrire et me téléphoner à partir du 20 août à Rome.

Je n'avais pas osé demander à Sartre pour quels motifs il m'imposait cette restriction : nous étions fin juin. J'étais désappointée, j'avais le sentiment d'être larguée, impuissante à changer le cours des choses. La perspective de cette impuissance m'affligeait. Je pris une grande résolution : je n'écrirais pas.

En dépit du soulagement que j'éprouvais en m'installant dans un joli petit appartement * après son départ, j'étais sinistre. Dans une lettre datée de septembre 1962, Sartre m'écrivait :

> « [...] et dans votre dernière lettre, on dirait que vous n'êtes pas tellement contente de cet appartement que vous désiriez tant. Est-ce parce que, malgré tout, vous vous y sentez encore plus seule que dans votre cave? Avez-vous continué d'écrire? Vous savez, il y avait pas mal de choses que j'aimais bien dans ce début. Vous ne m'en dites plus rien et j'ai peur que vous ne vous soyez découragée. Nous en reparlerons en octobre : il faut continuer. Très amicalement. »

* Un ancien élève que j'avais initié au yoga à Cuba me retrouva par le biais de la librairie Véga, boulevard Saint-Germain à Paris (cette librairie spécialisée dans l'ésotérisme a disparu depuis). Il obtint mon adresse et m'invita à déjeuner. Il allait rejoindre son épouse aux États-Unis, qui attendait un bébé, leur premier. Il comptait reprendre des cours de yoga à son retour à d'ici quelques mois. Je fus contrainte de lui avouer que je vivais dans un réduit et que pour gagner ma vie j'étais devenue vendeuse. « Quel dommage, Liliane », me dit-il lorsqu'il me quitta.

Quelques jours plus tard je reçus une lettre qui contenait un chèque de 10 000 F : « Je regrette, ma chère Liliane, de ne pouvoir faire davantage, mais j'espère que cela vous permettra de trouver un lieu. Je compte bien reprendre vos précieux cours de yoga. Amicalement. » Suivait la signature.

La grande générosité de cet homme – qui est toujours mon ami – a radicalement changé ma vie et ne s'est jamais démentie lorsque j'étais aux abois.

A cette époque j'étais très impatiente, j'avais le goût du drame et du définitif, mes vacances étaient programmées et je partis pour Saint-Tropez la mort dans l'âme.

Malgré tous les efforts que je faisais afin d'ignorer la boîte aux lettres, je n'y parvenais pas.

J'éprouvais des sentiments de doute, de certitude, d'espoir, de délaissement, d'abandon et de trahison. Je guettais le facteur dans l'enthousiasme, abdiquais dans l'affliction, affectais le renoncement. J'ignorais alors que mon ressentiment rendait Sartre encore plus présent.

Assurée de mon bon droit, j'écrivis à Sartre, écourtai mes vacances et rentrai à Paris. Une lettre de Sartre m'y attendait :

> « Vendredi 29 [août]
>
> « Il y a longtemps que j'aurais dû vous écrire pour m'expliquer et m'excuser : je comptais vraiment que nous nous reverrions avant mon départ et puis le temps m'a manqué. Naturellement je n'ai pas écrit : il faut toujours que je fasse effort pour écrire des lettres, je ne sais pas pourquoi. Dès que je serai de retour (aux environs du 25 [septembre]) je vous enverrai un mot et nous prendrons, si vous le voulez, un rendez-vous. Vous dites que vous êtes exigeante. Mais ce n'est pas cela. Vous avez trop de temps et je n'en ai pas assez, voilà tout. Bien amicalement. »

Quelques jours plus tard, il me téléphona de Rome. Il avait reçu ma lettre, il était désolé que je sois rentrée dans un si triste état, il n'avait sûrement pas oublié qu'il avait promis de m'écrire, s'il ne l'avait pas fait il m'expliquerait pourquoi.

En rentrant de vacances, cette année-là, Sartre avait emménagé dans un studio boulevard Raspail, et c'est là que j'allai le voir. Je fus surprise par le contraste. Rue Bonaparte, la pièce où il travaillait était meublée d'un bureau cossu, la bibliothèque était imposante, l'ensemble dégageait une atmosphère qui correspondait, dans mon esprit, à celle d'un écrivain.

La pièce dans laquelle Sartre me reçut était très claire. Un minuscule bureau, tout à fait ordinaire, encombré de livres, de feuillets, de cigarettes, de cendriers, de stylos, d'une lampe, et placé devant la porte-fenêtre, m'apparut comme un jouet. Sur la droite, une table plus grande en formica blanc était appuyée contre le mur, surmontée d'une fenêtre. Une chaise également blanche était placée devant; j'en conclus que Sartre écrivait à cet endroit.

De petites étagères parsemaient le grand mur sur la gauche, elles avaient l'air prêtes à s'effondrer sous le poids des livres. Une énorme quantité de livres jonchait le sol. Un fauteuil sans histoire était adossé dans l'angle.

Derrière une porte coulissante, que je n'ai jamais vue fermée, on apercevait un lit.

Sartre prit la chaise blanche, la plaça près du petit bureau, me pria de m'asseoir. Il empoigna une chaise au bois lustré par le temps, qui détonnait d'une manière frappante avec la banalité de l'ameublement, et s'assit à son tour.

Sartre nota l'insistance de mon regard sur la chaise.

– Elle vous plaît? Elle me vient de mon arrière-grand-père, c'est la seule chose à laquelle je tienne, cette chaise, et puis mes livres, bien sûr.

– Elle est très belle, mais elle a l'air inconfortable.

– J'aime qu'elle soit inconfortable, je n'aime pas les sièges corrupteurs.

J'étais très émue de revoir Sartre, intimidée, désemparée, apeurée. Je sentais qu'il attendait délibérément que je parle la première. Il s'amusait de mon trouble, son regard était malicieux. J'étais sur le point de pleurer, je crois qu'il eut pitié de moi.

– Qu'est-ce qui se passe?

– Je ne sais pas, tout ceci vous ressemble si peu...

Il feignit de ne pas comprendre et vint à mon secours.

– Oh, vous savez, pourvu que je puisse travailler en paix, et puis il y a la vue. Ça me plaît bien d'être au dixième étage, j'aime aussi les cimetières.

Je haïssais les cimetières. Celui-ci * s'étalait à perte de vue, débordant d'arbres de toutes sortes encore verts, alignés le long des allées ou dissimulant les tombes; il y avait des fleurs de multiples couleurs. Il ne me parut pas conforme, il n'avait pas l'air fait pour « abriter » des morts.

– D'ici, ça ne ressemble pas à un cimetière.

– Vous verrez, à chaque saison, il change totalement d'aspect. Dans peu de temps, il sera brun et or, puis les arbres perdront leurs feuilles, on ne verra pratiquement plus que les tombes, les allées deviendront de sinistres rues rectilignes. S'il neige, c'est encore plus saisissant. Au printemps, c'est superbe, ça change presque chaque jour; je le connais bien, vous savez, de la fenêtre de la salle de bains de Castor qui habite juste en face, comme vous savez, on a la même vue, avec une autre perspective. Mais vous vous en foutez, vous n'êtes pas avec moi. Vous êtes une curieuse petite personne. Je croyais que vous seriez contente de me voir, au lieu de quoi vous me faites la gueule. Qu'est-ce qui ne va pas?

Avec une patience et une habileté infinies, Sartre réussit à me mettre en confiance et à me faire parler. Il dirigeait la conversation avec ingéniosité, me harcelant de questions. Sartre savait ce que j'étais venue chercher. Après notre deuxième rencontre, il m'avait offert sa première dédicace :

« A Liliane maternellement. »

Peu de temps après, Sartre me proposa de venir également le jeudi matin de neuf heures trente à onze heures. Je ne compris que bien plus tard la raison de ce merveilleux cadeau.

Sartre m'avait donné rendez-vous dans un café :

– Nous prendrons le petit déjeuner ensemble.

– Vous savez bien que depuis la mort de ma mère, parce qu'elle me le portait au lit, je ne prends plus rien le matin.

Lorsque le serveur se présenta devant nous, il commanda sans me consulter, ce qui ne lui ressemblait guère.

* Le cimetière de Montparnasse.

– Deux doubles express et quatre tartines beurrées.

J'avalai péniblement quelques bouchées.

Peu à peu, Sartre prit goût à ces petits déjeuners qui devinrent plus fréquents par la suite, et je sais avec certitude, nous en avons souvent parlé ensemble, qu'il décida de s'alimenter le matin afin de me réapprendre à me nourrir.

Ce fut, bien involontairement, ma première intrusion dans sa vie.

Dans les cafés, les restaurants, où nous nous rencontrions les deux premières années, le dialogue était prédominant. Nous faisions connaissance, c'était naïvement ce que je me figurais. En réalité Sartre avait déjà tout compris, il savait de quoi j'étais faite; c'était bien là la question : que faire pour m'aider à me refaire? Comme tout me semblait facile et gai, alors, à ses côtés!

Après que Sartre se fut installé boulevard Raspail où je le retrouvais, le dialogue disparut. Sartre posait des questions précises et m'assenait des vérités auxquelles je n'étais pas préparée.

– Vous confondez la cause avec les causes de votre mal. La cause actuelle de votre peine c'est la mort de votre mère, et une peine, un chagrin, ça n'a rien à voir avec le « mal ». En ce moment ça vous aveugle, et c'est bien naturel, mais il faut essayer de trouver les vraies causes, celles de votre petite enfance. Vous devez comprendre qu'elles sont directement liées à votre refus d'admettre la mort de votre mère, donc la mort. Il faudrait également que l'on comprenne pourquoi vous êtes si méfiante et abandonnique. Vous n'en êtes peut-être pas consciente, mais le mot trahison revient trop souvent dans nos conversations.

» Je sais, vous avez vécu toute petite, lorsque vous étiez cachée pendant la guerre, avec la peur de la mort, et cette réalité, car c'en était une, était abominable, de cela nous reparlerons plus tard. Mais avant la guerre, lorsque vous étiez petite petite...

– Je ne me souviens de rien avant la guerre; si, d'une

phrase que ma mère prononça en glissant le long du mur sur lequel elle était adossée, après elle s'est évanouie.

– Quelle était cette phrase?

– Ça y est, il m'a encore fait un enfant.

– Êtes-vous sûre de ça, et qu'est-ce qui vous fait dire que c'était avant la guerre?

– Je me la rappelle en yiddish, ça ne s'invente pas, et ma dernière sœur est née en 1937. Après elle, il n'y a plus eu de naissance. Je revois l'endroit, c'était quand nous habitions la zone dans une baraque, avant la guerre il y avait la baraque, après la guerre c'était la maison en pierre...

– Dites-la en yiddish.

– *Her ott mo choïn vido que marcht a kint.*

– Et qu'avez-vous pensé à ce moment-là, au moment où votre mère a perdu connaissance?

– Est-ce que je sais! J'ai dû avoir très peur, j'ai toujours eu peur, j'ai toujours peur de tout.

– Comment pouvez-vous dire que vous avez toujours eu peur, alors que vous venez de m'affirmer que vous ne vous souveniez de rien de l'époque où vous étiez toute petite?

– Je vous dis que j'ai toujours...

– Que vous êtes agaçante à vous buter de la sorte, vous ne comprenez donc pas que c'est le seul moyen d'y voir clair, que c'est ainsi qu'on avancera!

Je n'étais pas préparée à ce genre de relation. Mes timides tentatives de rébellion tournaient toujours à mon désavantage. J'avais pleinement conscience d'irriter Sartre avec « mes fausses certitudes, mes truquages et mes affirmations qui ne reposaient sur aucun fait précis » – comme il disait –, mon dernier recours était les larmes.

– Allez, vous savez que je suis bien avec vous, je comprends que tout ceci est difficile, mais quand vous le voulez, vous savez bien comprendre les faits. Par exemple, tout à l'heure, vous avez dit que vos rapports avec votre mère étaient un mélange de générosité et d'exigence que vous ressentiez comme un chantage parce qu'elle se savait condamnée, et qu'en même temps vous étiez terrorisée par ses emportements. Avez-vous toujours été passive face à ces situations? Que ressentiez-vous?

– Quand j'étais petite, jusqu'à douze-treize ans, il m'arrivait souvent de la haïr, vous allez trouver ça bête, je voulais qu'elle m'aime et surtout qu'elle me le prouve. Je ne pouvais comprendre sa violence autrement que par de la haine, je sais que ce n'était pas ça, mais c'est ainsi que je le vivais alors. Le sentiment de chantage est venu plus tard, lorsqu'on nous a annoncé que la moindre contrariété serait fatale. Oui, j'étais passive, je boudais, je me sentais incomprise et malheureuse. Qu'aurais-je pu faire selon vous? La moindre tentative de révolte me valait une correction. Je préférais les coups aux cris, malheureusement ils allaient toujours de pair.

– Elle avait une vie terrifiante...

– Oui, je sais ça maintenant, mais je ne peux pas m'en défaire, je ne supporte pas d'entendre crier; quand vous me brusquez, quand vous vous mettez en colère, je me sens menacée, je me dis : « Dans une minute, il va me mettre à la porte! » J'ai l'impression que mon cœur va s'arrêter, que je vais mourir, en quelque sorte.

Sartre souriait, d'un bon sourire plein de tendresse.

– Vous allez développer mon sadisme, petite sotte que vous êtes, ne craignez rien, je vous l'ai déjà dit : quand on entreprend quelque chose, il faut aller jusqu'au bout. C'est vrai que vous m'agacez par moments, mais ça ne m'empêche pas d'être bien avec vous.

3

Nos conversations se renouvelaient tous les mardis. J'avais repris mes cours de yoga, ce qui me laissait libre de gérer mon temps.

Immanquablement, après avoir scruté minutieusement mon visage, Sartre disait : « Ça n'a pas l'air d'aller bien fort aujourd'hui, vous avez votre tête de bois », ou bien : « J'ai l'impression que ça va plutôt bien aujourd'hui », et, tout en me donnant l'illusion que le dialogue s'installait naturellement, je sais qu'il le menait là où il voulait.

Lorsque Sartre constatait qu'il était vingt heures vingt (nous quittions son appartement à vingt heures trente précises puis je l'accompagnais chez Castor où il passait la soirée et la nuit), invariablement, il mettait sa main sur mon bras et simultanément me disait : « Allez, vous êtes une bonne petite et je suis bien avec vous. »

Au début, j'étais tellement occupée à m'apitoyer sur mon sort, à me sentir incomprise et surtout si complètement épuisée après ces quatre heures passées avec Sartre, qu'il aurait aussi bien pu me dire : « Vous êtes une pauvre conne, je ne veux plus vous voir », je n'aurais pas fait la différence. Deux ou trois ans plus tard, je n'ai pas retenu l'année, au moment où Sartre regardait l'heure, je mis ma main sur son bras et lui dis :

– Allez, tu es un bon petit et je suis très bien avec toi.

Nous avons beaucoup ri ce soir-là, et pour la première fois, le trajet qu'il nous fallait faire pour aller chez Castor m'a semblé trop court.

Le jeudi matin je rejoignais Sartre au café à neuf heures trente et nous prenions ensemble le petit déjeuner. Je me sentais pousser des ailes, j'étais gaie, Sartre constatait que les tartines beurrées disparaissaient.

– Je suis moins généreux que votre mère, je serais bien incapable de vous préparer le café et encore moins de vous le porter au lit, je suis trop maladroit.

– Mais vous avez choisi la générosité et la terreur avec moi, comme elle.

– Pour le moment oui, nous verrons plus tard, reconnaissez que c'est plutôt le père qui vous fait défaut.

Après le petit déjeuner je raccompagnais Sartre devant chez lui et nous nous quittions dans la rue, sans nous soucier des gens qui pouvaient nous regarder : Wanda, Michelle et Arlette se levaient tard.

– Si votre gaieté est due au fait d'être vue avec moi, vous savez que je n'aime pas ça.

– Il y a de ça, c'est vrai, mais c'est surtout le fait de ne pas avoir à me cacher; vous savez hier, lorsque je vous ai croisé avec Michelle, et que j'ai été contrainte de vous ignorer, j'ai été prise de panique, comme si ma vie en dépendait. J'ai de nouveau fait mon cauchemar. Cette fois, j'étais dans le métro, il y avait beaucoup de monde, je portais l'étoile jaune et, tout à coup, un homme s'est mis à hurler : « Les youpins, c'est dans le dernier compartiment! »

– Je sais, ça m'a bien embêté, mais je vous l'ai déjà dit, dès que je le pourrai, je vous introduirai officiellement dans ma vie. Voyez comme vous êtes faite, nous étions bien ensemble et vous choisissez le moment où l'on se quitte pour me raconter l'essentiel.

– Je n'ai pas choisi, c'est venu comme ça, si je vous l'avais dit en arrivant, vous m'auriez dit avec dureté : « Cessez de récriminer, je sais tout ça... »

– Rien ne vient jamais comme ça, vous le saurez un jour.

Montez avec moi, je ne vais pas vous laisser repartir avec des idées pareilles!

Sartre était mécontent, il avait lâché sa phrase sur un ton cassant. Je le suivis. Dans l'ascenseur, du rez-de-chaussée au dixième étage, j'imaginais bien entendu que j'allais passer un sale moment. Sartre était silencieux, je sentais l'affolement me gagner. En refermant la porte de son appartement, Sartre m'invita à m'asseoir devant la table du Castor, me donna ses journaux – nous les achetions ensemble avant d'aller au café – et me dit avec tendresse :

– Installez-vous là, occupez-vous comme vous voudrez, mais surtout ne m'interrompez pas. Nous causerons un peu après. A présent je dois travailler.

J'inclinai un peu la chaise de manière à voir Sartre sans le gêner. Il s'installa à son bureau, alluma une cigarette, prit son stylo et se mit aussitôt à écrire. De temps en temps, il toussotait vaguement, je n'osais pas déglutir. Je regardais Sartre, imprévisible, je m'attendais au pire, il m'offrait le meilleur : le regarder écrire était pour moi un privilège auquel j'avais souvent rêvé. Sartre était intraitable pour ce qui concernait son travail. Tout son entourage proche le savait. Personne ne le dérangeait à moins qu'il ne se passât un événement tel qu'à son sens on ne pût attendre. Et bien sûr, c'était lui qui en décidait. De temps à autre, il froissait une feuille recouverte de sa belle écriture, la jetait au panier, puis recommençait à écrire. Je n'avais pas cessé de le regarder, cependant je sursautai lorsqu'il posa son stylo et se tourna vers moi.

– Alors, petite, vous voyez bien que je ne vous veux aucun mal.

Depuis ce jour-là, Sartre me convia tous les jeudis matin chez lui jusqu'à treize heures. Progressivement je me laissais apprivoiser, lisais les journaux, j'étais bien. Sartre cessait toujours d'écrire de manière à ce que nous ayons le temps de causer un peu.

– Alors, petite, à quoi pensez-vous donc?

A cette époque, j'étais incapable d'exprimer des sentiments, quels qu'ils soient. J'aurais aimé dire à Sartre combien j'étais heureuse de la faveur qu'il m'accordait, que je l'appréciais comme un superbe présent, le plus beau qu'il pût m'offrir : la preuve qu'il se souciait de moi. Au lieu de quoi je répondis :

– Je ne peux pas comprendre que vous vous obstiniez à écrire sur ce bureau minable, vous n'avez même pas la place d'y poser vos avant-bras.

Le visage de Sartre se durcit, il consulta sa montre.

– Je ne pense pas que ça, mais je le pense aussi.

– Voilà qui est mieux. Alors achetez-m'en un, je vous donnerai du sou. Je le veux grand, sobre, en bois mais surtout pas neuf!

– Une grande belle table ancienne, avec un plateau épais et quatre pieds tout droits, d'accord?

– D'accord, mais ça va vous donner du travail!

– Si j'ai bien compris, je l'ai échappé belle! Heureusement que j'ai ouvert la bouche avant vous!

– Il y a du vrai dans ce que vous dites!

Nous partîmes d'un grand éclat de rire.

Le mardi suivant, j'annonçai joyeusement à Sartre que j'avais trouvé la table au marché aux puces et la lui décrivis. Il était tout content.

Personne, en dehors du Castor, cela allait de soi, ne devait savoir comment il avait fait l'acquisition de cette table. Ce fut sa première préoccupation. Cependant tous ses proches savaient que Sartre n'était pas homme à aller acheter lui-même autre chose que du tabac, des livres, des journaux, des disques ou du papier pour écrire. Il lui faudrait inventer un mensonge, ça, ça l'amusait plutôt. Il irait même, je ne l'ai appris que plus tard, jusqu'à en inventer plusieurs, un pour chaque femme, et ça l'amusait encore plus. Il ne s'est jamais trahi.

Sartre m'expliqua qu'il n'était pas question de faire livrer la table sur les heures de Wanda, de Michelle ou d'Arlette, ça ferait des histoires et il craignait qu'on ne le dérangeât pendant ses heures de travail.

– Je demanderai à mon frère, mardi prochain sur mon temps, dix-sept heures trente, ça vous va? Ne vous inquiétez pas, il viendra seul. Nous en avons déjà parlé, il attend votre accord.

Je m'étonne encore aujourd'hui de la généreuse discrétion de mon frère. Il avait transporté seul « le monument » jusque devant l'entrée du 222, boulevard Raspail, franchi les deux marches du seuil de l'immeuble, l'avait porté devant l'ascenseur en traversant le hall, introduit dans l'ascenseur, et il avait réussi à l'en sortir. Lorsqu'il sonna à la porte, Sartre découvrit un homme dégoulinant de sueur qui lui souriait malgré son souffle court. La table reposait au sol sur le côté le plus étroit, débordait largement la hauteur de la porte, obstruait le palier.

– Entrez, reposez-vous, vous avez vraiment transporté ce monstre tout seul? Je suis confus, je n'imaginais pas, je ne sais comment vous remercier...

– Vous le faites depuis des années, en vous occupant de ma petite sœur.

Nous avions libéré l'endroit où Sartre voulait installer la table. Mon frère l'avait encaustiquée. Le soleil inondait la pièce et donnait au bois une couleur de miel. Je n'oublierai jamais le plaisir que Sartre éprouva en la regardant devant la porte-fenêtre. Il caressait le bois, se penchait pour examiner les pieds, palpait l'épaisseur du plateau, recommençait.

– C'est exactement ce que je désirais, vous êtes deux anges, je ne saurai jamais comment vous remercier. Petite, va chercher deux bières, vous aimez la bière?

Je me précipitai dans la cuisine, rapportai les bières.

– Sais-tu que tu m'as dit « tu »?

– Tu le mérites bien, regarde-moi cette jolie table!

J'éprouvais un bonheur tout neuf. Je ne saurais dire quand cette sensation est née en moi, mais je l'ai ressentie à chaque fois que la situation s'y prêtait : on s'installe chez les gens comme on peut.

Lorsque mon frère s'en alla, Sartre empoigna sa jolie chaise en bois et s'installa devant la table, en posant ses mains à plat dessus.

– Quel beau cadeau tu m'as fait là, petite, désormais, dès

qu'elle sera trop encombrée, nous la rangerons ensemble, elle nous appartient à tous deux.

– Tu connais l'histoire du monsieur qui décide de changer la tapisserie des murs de sa chambre?

– Non, quel rapport?

– Une fois la tapisserie changée, il découvre que la moquette est dégueulasse, il la change. Tout content, il entre dans sa chambre, baisse les yeux et aperçoit ses vieux chaussons sur la belle moquette...

Sartre rit de bon cœur.

– Que suggères-tu? Je t'écoute.

– Une bibliothèque en bois d'un bout à l'autre du grand mur, et de bas en haut, je fais venir le menuisier sur mon temps pour prendre les mesures et on l'installe quand tu prends des vacances.

– Mais ça va te donner du travail!

– Laisse-moi faire des choses pour toi, je t'en prie. Pour ce qui concerne la réciprocité dont tu me parles si souvent, nous sommes loin du compte!

Sartre me fit part de l'enthousiasme du Castor, elle trouvait la table superbe et l'avait prié de me complimenter.

Je n'ai jamais rencontré d'êtres qui soient aussi sensibles que Castor et Sartre au plus petit service rendu. Rien à leurs yeux ne passait inaperçu : « Merci mille fois, vous êtes un ange, ça va vous donner du travail, est-ce que ça ne va pas trop vous fatiguer... » S'ils avaient su quelle joie j'en tirais!

Quelque temps plus tard, Sartre me dit :

– Je vais te confier une mission, pauvre petite. Castor ne supporte plus la table en formica blanc depuis que j'ai mon bureau, pourrais-tu lui en trouver une en bois ciré?

En quelques mois, l'appartement de Sartre était méconnaissable. Le menuisier avait revêtu le grand mur d'une bibliothèque d'un bois assorti à celui de la table, mon fils m'avait aidée à ranger les livres. Je trouvai un lampadaire rustique aux puces, puis une toute petite table très haute sur pieds, identique au bureau de Sartre, enfin un coffre. J'achetai de grands cendriers en grès gris.

Je n'ai jamais su comment Sartre justifia sa nouvelle installation auprès de « ses dames » et je me demande encore aujourd'hui comment Arlette, si méfiante, avala la couleuvre que lui proposa Sartre. Tout ce changement était le fait d'une femme, ça allait de soi pour qui connaissait Sartre.

4

Parmi les femmes « installées » dans la vie de Sartre dont il me parlait dans le détail, Wanda et Michelle ne suscitaient en moi aucune gêne. Évelyne était la seule que je connaissais, elle savait tout de moi par Sartre; j'aimais sa beauté, sa vivacité d'esprit, son intelligence, sa présence chaleureuse, sa manière de rassurer d'une pression de la main, d'un regard. J'ai mis très longtemps à me remettre du choc que me causa sa mort.

Arlette en revanche, dont Sartre craignait les colères, suscitait en moi des sentiments multiples, je m'identifiais à elle, elle avait rencontré Sartre peu de temps avant moi, tout comme moi, à la suite d'une lettre qu'elle lui avait envoyée, et elle était juive. Wanda et Michelle étaient beaucoup plus anciennes et plus âgées. Sartre attisait ma jalousie, bien malgré lui, lorsqu'il tentait de me convaincre de son affection en me disant : « Si seulement vous m'aviez écrit plus tôt! Je ne peux plus rien changer à présent. »

Ainsi que je l'ai déjà dit, je supportais très mal d'être partagée et trouvais peu équitable la distribution des sentiments dont je mesurais l'ampleur en fonction du temps donné. Et pourtant Sartre ne me ménageait pas les témoignages de tendresse, ainsi cette lettre datée de l'été 1969 :

> « [...] Pourquoi signes-tu " ta toute petite "? Si c'est un mot de tendresse c'est bien. Si c'est pour m'indiquer – et je le crains – que tu n'as qu'une toute

petite place dans mon affection et dans mes pensées, ce que tu te goures, fillette. Je n'ai cessé depuis ta première lettre, si gaie, de penser à toi tendrement, je te l'ai dit même : c'est comme ça que je t'aime – et très fort. Et j'ai imaginé le visage que tu avais, tout ce temps-là, ce visage assoupli, détendu avec un rien de secret et un petit sourire à toi-même que j'ai envie d'embrasser sur ses bonnes joues. En ce moment, tu fais une petite régression, comme chaque année vers cette époque.

« Pourquoi faut-il, *toute petite bête,* que tu te crucifies pour les signes? J'ai senti la crise naître au *second* coup de téléphone. Le premier t'a fait plaisir : tu t'imaginais *je ne sais pas pourquoi,* que je ne reviendrais qu'en octobre. Au second, oubliant cela, tu t'es dit : il aurait pu rentrer pour *mon* mardi ou pour *mon* jeudi : avec une autre, il l'aurait fait mais *moi,* on me traite comme une merde, etc.

« *Ce qui est faux* car si j'étais rentré plus tôt ce n'est pas seulement toi mais les *autres* qui m'auraient vu plus tôt et mon retour le jeudi n'arrange personne. Donc tu es *comme tout le monde* et si je ne rentre pas plus tôt, c'est que je veux finir des trucs " interview pour *Il Manifesto* ", des rendez-vous que j'ai repoussés à la dernière semaine pour profiter de Rome le plus possible. Ceci dit, crois-le ou ne le crois pas, il se trouve en ce mois de septembre 69 que c'est toi que j'ai le plus envie de voir (peut-être) parce que je ne t'ai pas vue depuis si longtemps mais surtout parce que tes vacances et tes lettres bien honnêtes m'ont donné l'impression que tu sauras manifester de la joie au lieu de t'agiter sur ta chaise avec des tics ou un visage de bois et des boutons de bottines à la place de yeux. C'est vrai : ça ne m'amuse pas tellement de rentrer, et te revoir est en ce moment la petite lumière agréable, la seule petite chaleur qui égaie ce retour maussade.

« Quant à ma santé : bonne. Ce que je fais, je travaille, je lis des romans policiers. Petite idiote, tu le *sais* que je vais très bien et pour ce qui est de te parler de ma vie à Rome, heureuse et monotone, tu sais aussi que c'est plus plaisant de le faire de vive voix.

« [...] Au revoir ma toute petite – moi je le dis tendrement.

« Je t'embrasse. Je te téléphonerai jeudi et j'irai te voir vendredi.

« Je lis les Trotski, voilà ce que tu devras ingurgiter (3 vol. de 650 pages chacun, mais c'est toute l'histoire de l'URSS) dès mon retour, tu en as pour 6 mois. »

Je ne me rappelle pas les circonstances dans lesquelles je rencontrai Arlette pour la première fois.

J'avais tellement attendu le moment de la connaître que tout se passa dans une sorte de flou; je n'écoutais rien de ce que Sartre et elle se disaient, je ne la voyais pas. Un détail pourtant me frappa et m'acheva : elle avait les cheveux tirés. Donc elle lui obéissait; combien de fois Sartre m'avait-il répété : « Je ne comprends pas pourquoi tu t'entêtes à porter une frange qui te donne un air buté et con alors que je te trouve plutôt intelligente. »

A partir de ce jour-là, à chaque rendez-vous avec lui, je mis des barrettes dans mes cheveux pour dégager mon front. Ce détail ne lui échappa pas et le ravit.

Pour mettre un terme à notre rencontre, Sartre se leva et me dit d'un air penaud :

– C'est l'heure, je crois, de se quitter...

Cette réalité me fut insupportable : j'étais celle qui devait partir. Je bredouillai :

– Oui, excusez-moi.

Je m'étais efforcée pendant tout ce temps de ne pas lui dire « tu ». Quand il se leva, j'étais atrocement nouée. Je serrai la main d'Arlette, mais quand Sartre me tendit la sienne, je me promis : « Je ne recommencerai jamais, plus jamais. »

En rentrant chez moi, je m'inquiétai : « Arlette connaît Sartre aussi bien que moi; il n'est pas possible qu'elle n'ait pas senti sa gêne. Si elle est aussi méfiante et " flic " qu'il le dit, elle aura tout compris. »

Et sans doute avait-elle en effet tout compris ce jour-là... Mais elle ne pouvait pas se permettre une rupture avec Sartre.

Je continuais mon chemin, troublée. « Il l'appelle " petite ", il doit lui dire aussi qu'elle est la petite dernière, exactement comme à moi. Que suis-je alors pour lui? Tout cela n'est-il pas un mensonge? Puis-je avoir encore confiance en lui? » Voilà que toutes les vieilles craintes renaissaient...

J'arrivai chez moi, mon fils m'attendait, avide de connaître le résultat de cette entrevue qu'il redoutait pour moi. Nous en avions beaucoup parlé. Instinctivement, il trouva les mots :

– Écoute, je suis fils unique et, toute ma vie, j'ai rêvé de partager. Essaie de ne pas penser à ça. C'est tellement formidable d'avoir comme ami Sartre. C'est ce qui compte!

Mais cette première rencontre reste pour moi le jour où je découvris que, tout comme moi, il appelait Arlette « petite ». Sartre sembla amusé de l'importance que j'attachai à cette découverte qui déclencha de ma part une scène violente à laquelle il mit fin sèchement :

– Au moins, comme ça, je ne risque pas de me tromper!

– Un jour tu m'appelleras « petite » devant elle. Tu seras bien avancé!

– Tu sais, tu n'auras pas si souvent l'occasion de la voir avec moi. Elle n'aime pas partager...

– Voilà un point que nous avons en commun.

– Et aussi d'être juives.

– Mais dis-moi, sur cinq femmes tu en as trois qui sont juives. Ça ne peut pas être un hasard...

– Les Juives ont des regards que j'aime particulièrement. C'est toute leur histoire qu'on lit dans leurs yeux.

II

5

Le mardi était le jour où Sartre déjeunait avec Arlette. Nous nous voyions aussitôt après. Il m'avait mise en garde, priée de ne pas me montrer. J'arrivais devant chez lui, irrésistiblement, toujours avant l'heure. Arlette raccompagnait Sartre jusque devant sa porte. Je souffrais lamentablement du « temps » qu'elle me volait. Je me cachais derrière un gros arbre dès que je les apercevais, me plongeant ainsi davantage dans la clandestinité.

Sartre s'en attristait et s'irritait contre « cette persistante volonté de me faire souffrir », comme il disait. « Ça n'est pourtant pas la mer à boire que de te demander d'arriver à seize heures quarante! »

Il finit par me convaincre. Un mardi, alors que j'étais en retard – j'avais été immobilisée par le passage d'une manifestation –, j'avais couru et étais tombée « nez à nez » sur Arlette et Sartre qui attendaient l'ascenseur dans le hall, il pleuvait ce jour-là.

Terrorisée, je montai au premier étage et entrai dans le laboratoire d'analyses, en ressortis aussitôt en expliquant que je m'étais trompée d'étage et m'assis sur une marche au second. Je ne sais combien de temps je restais là à sangloter. Je ne savais plus que faire. Étaient-ils allés à l'appartement? J'étais piégée. Je rentrai chez moi fermement décidée à rompre avec Sartre.

Sartre me téléphona, il était consterné et inquiet. Il était redescendu, m'avait cherchée dans les cafés et avait craint le pire.

– Ne bouge pas, je viens chez toi.

Il arriva à dix-huit heures, il n'avait pas trouvé de taxi, il y avait des embouteillages dus à la pluie et à la manifestation. L'attente avait été insupportable, elle avait transformé ma « détermination » en inquiétude et laissé ma passivité habituelle reprendre le dessus.

– Pauvre petite, tout ceci est bien injuste, mais ça ne se reproduira plus, je te le promets.

– Mon père aussi avait promis et il m'a bel et bien laissée à l'Assistance publique.

– A l'Assistance publique, mais tu ne m'as jamais raconté ça, et quand donc est-ce arrivé?

– A trois ans et demi.

– A trois ans et demi?

– Oui, lorsque ma sœur Odette est née, elle est ma cadette de trois ans et demi.

De grosses larmes inondaient mon visage, aucun son ne sortait plus de moi.

– Ne pleure pas, pas de cette manière, je suis très sincèrement emmerdé, crois-moi, je te promets...

– On promet toujours, tout le monde promet, personne ne comprend ce que ça veut dire une promesse. Quand on promet, il faut tenir.

– Mais pourquoi es-tu allée à l'Assistance publique?

– Parce que nous étions pauvres, et nombreux, que ma sœur aînée, celle qui m'a élevée, n'avait que douze ou treize ans et que mon père ne pouvait pas nous prendre en charge...

– Alors on est venu vous chercher?

– Non, c'est encore pire que ça, mon père nous a emmenés à l'hôpital Hérold tous les cinq. Je m'en souviens très bien. Nous étions assis sur des bancs très bas en bois ciré. Face à nous il y avait une femme derrière un guichet avec une petite porte ovale, enfin pas tout à fait, mais d'une forme inhabituelle, porte que la femme ouvrait quand elle parlait à quelqu'un. A un moment elle a dit : « Monsieur Sindyk », tous les antisémites nous ont toujours appelés Sindic au lieu de Sendyk. Mon père s'est levé, je tenais le bas de sa veste, j'ai marché avec lui jusqu'au guichet. Ils ont causé, ça m'a semblé long, je ne pouvais pas suivre, j'étais trop petite et je ne voyais plus la dame. Nous sommes retournés nous asseoir et une autre dame est venue; elle avait un drôle de petit chapeau blanc sur la tête et une espèce de croix bleu foncé sur la poitrine. C'est seulement lorsqu'elle s'est retournée que j'ai vu que c'était une grande cape. Elle a voulu me prendre par la main. « Viens avec moi, mon petit », disait-elle – je me suis accrochée aux jambes de mon père. Alors elle a dit : « Fanny, Samuel, Bella et Léa, venez avec moi, dites au revoir à votre papa. » Il se sont levés et je les ai vus disparaître tous les quatre.

– Ensuite?

– Ensuite? (Les larmes m'empêchaient de continuer.) Ensuite mon père est sorti dans la cour de l'hôpital, j'étais toujours accrochée à sa veste. Là, il y avait une grosse camionnette, avec une grande croix rouge à l'arrière. Un monsieur a ouvert la porte et ça m'a intriguée que la croix soit coupée en deux. C'est un souvenir très tenace cette croix coupée en deux. A l'intérieur de cette camionnette, il y avait des bancs de chaque côté. Quand je les ai aperçus, j'ai commencé à hurler. J'agrippais mon père aux jambes... il m'a ôté les mains et la dame m'a prise dans ses bras. Je gigotais en hurlant.

Les larmes m'aveuglaient, l'émotion était trop forte, je cessai de parler. Sartre me prit la main.

– Continue, c'est très important.

– « Ne me laisse pas. Papa, ne me laisse pas! » – Je parlais très bien, j'ai parlé très tôt.

– Et alors?

– Alors mon père m'a promis, il a promis, tu comprends, qu'il viendrait me reprendre. Je lui criais : « Quand? » Il m'a dit : « Bientôt, je te promets – C'est quoi bientôt? ai-je demandé, demain? » Et il m'a dit : « Oui, demain. »

– Combien de temps es-tu restée?

– Longtemps, ma mère a fait une complication pulmonaire,

elle était à l'hôpital; il me semble me souvenir, je n'en suis pas certaine, être allée en visite chez nous dans la baraque avec une dame qui m'a ramenée ensuite avec elle. Oui, je m'en souviens à présent, j'étais très bien vêtue de blanc, c'était la première fois.

– Il faut aller voir ton père et lui demander si tout ceci est vrai, j'en ai le sentiment mais ça vaut la peine de vérifier. Mais au fait, tu as eu une autre sœur? Es-tu retournée à l'Assistance publique?

– Probablement, je ne m'en souviens pas.

– C'est curieux, tu étais plus âgée! Ça te reviendra. Quel genre de sentiment as-tu éprouvé à ce moment-là, et contre qui, ton père ou ta mère? Essaye de me répondre.

– C'est difficile à dire, un sentiment de rejet, j'imagine, mais il était constant, ou peut-être venait-il de cet événement, si je puis dire. Aujourd'hui, honnêtement, je crois qu'il était voué à ma mère, je ne sais pas pourquoi, ça ne semble pas logique, c'est ce que je ressens. Mais peut-être est-ce le fait que je n'ai jamais pu pardonner à ma mère de nous avoir abandonnés tous les six pendant la guerre – Pauline était déjà morte – pour tenter de faire libérer mon père.

– Abandonnés? Où ça et à qui?

– A personne. Elle nous a fait asseoir par terre dans la baraque, nous formions un demi-cercle, elle pleurait terriblement. Quand elle a réussi à cesser de pleurer, elle nous a dit : « Votre père a été arrêté par les Allemands. La vie sans lui ne m'intéresse pas. Vous allez rester ici, moi je pars à Évreux, je vais essayer de le sortir de là, sinon on le tuera. Je préfère mourir avec lui. Toi, Fanny, tu es l'aînée, tu t'occupes de tes frères et sœurs, vous ne bougez pas d'ici. Si dans deux jours je ne suis pas là, c'est qu'ils m'auront arrêtée, tu prends les enfants et tu vas chez ma sœur. »

– C'est abominable ce que tu me racontes, pourquoi ne pas l'avoir dit depuis le temps que nous causons ensemble?

– Je t'ai dit tant de choses, en vérité ça m'est revenu à l'instant. Je suppose que je l'avais enfoui. C'était très présent lorsque ma mère vivait. Depuis qu'elle est morte, ça revient seulement dans mes cauchemars. C'était trop difficile à vivre, j'étais partagée entre deux sentiments aussi forts l'un que l'autre. Je souhaitais qu'elle meure – ça la punirait – et j'étais terrorisée à l'idée qu'elle pouvait mourir.

– Elle est revenue bien sûr?

– Non, elle nous a fait savoir qu'elle avait réussi à faire libérer mon père, un vieillard les hébergeait, et elle demandait à Fanny de venir la rejoindre avec Sammy et Bella après nous avoir conduits chez sa sœur, nous les trois petits.

– Je dois m'en aller, petite, il faut aller voir ton père, téléphone-moi chez Castor dès que tu l'auras vu. Sois bien, je te sortirai de tout ça, nous sommes sur la bonne voie.

J'allai voir mon père et lui narrai dans le détail « l'histoire de l'hôpital Hérold ».

– Quelle mémoire tu as, c'est incroyable, tu étais si petite (il avait l'air tout fier de moi)! Tu me demandes si c'est vrai, comment ça si c'est vrai? Tu t'accrochais tellement à moi, criais tellement, je n'arrivais pas à me débarrasser de toi!

Après avoir quitté mon père, j'avais marché des heures en sanglotant, hantée par sa phrase : « Comment ça si c'est vrai! » Lorsque j'obtins Sartre au téléphone, j'étais sèche au-dedans, sèche et révoltée.

– Eh bien, tu vois, petite, sans cette rencontre qui nous a paru à tous deux désastreuse pour toi, je veux dire celle d'hier avec Arlette, nous n'en serions pas là. C'est dur pour toi, je le sais, mais ça va nous aider plus que tu ne crois. Je t'expliquerai ça demain matin. Sois bien, je tiens à toi, tu le sais, et je suis content de toi.

Le lendemain matin, Sartre, comme de coutume, scruta mon visage. Son regard était bienveillant.

– Alors, petite, comment as-tu passé la soirée et la nuit, mal j'imagine? Mais dis-moi, il y a une chose que je ne comprends pas. Pourquoi t'a-t-on séparée de tes frères et sœurs à l'Assistance publique?

– Ils sont allés chez les grands, j'étais trop petite. Je suis sûre que j'aurais vécu ça autrement si j'étais restée avec eux.

Comme tu le sais, j'étais très attachée à ma sœur Léa, si au moins on me l'avait laissée!

– Je comprends maintenant pourquoi tu es abandonnique et méfiante. L'importance que tu attaches aux promesses m'avait frappé dès notre seconde rencontre.

– Abandonnique?

– Oui, abandonnique. Combien de fois m'as-tu supplié de te laisser partir la première. Tu ne te souviens plus? Dans la rue, dans un café, un restaurant, ça m'agaçait, je trouvais que c'était une idée folle : entrer à deux et attendre que tu sois partie pour partir à mon tour. Castor avait donc raison lorsqu'elle me disait : « Cherchez du côté de l'abandon, je veux dire celui de la petite enfance, il me semble que cette jeune femme qui s'assume – elle travaille, elle élève son enfant seule – est abandonnique. Ça expliquerait en partie pourquoi le travail du deuil de sa mère est si difficile à faire. » Après tout, existe-t-il abandon pire que celui d'une mère envers son enfant?

– C'est vrai que je n'arrive pas à lui pardonner.

– Pardonner quoi?

– D'être morte.

– Elle n'a pas choisi tout de même!

– Si, elle disait en pleurant : « Un jour, je mangerai à ma faim, je mourrai, comme le dit le professeur Le Nègre, mais j'aurai au moins mangé à ma faim une fois dans ma vie. »

– Tu ne m'as jamais raconté ça!

– Avant la guerre, nous étions très pauvres. Il y avait des ardoises chez tous les commerçants. Ma mère nous envoyait, ma sœur Léa et moi, chercher du pain et du lait à crédit. Ça a marché un certain temps; on refuse plus difficilement ce genre de choses à deux fillettes, mais très vite nous nous sommes fait insulter : « Dis à ta sale youpine de mère qu'elle aille chercher du pain dans son pays! » Après il y a eu la guerre; cachés, nous n'avions pas de cartes d'alimentation. Ma mère se privait pour nous, mon père aussi, je suppose. Il y avait cinq enfants à nourrir.

– Comment ça « cinq », sept tu veux dire!

– Non, ma petite sœur, la dernière, était morte en 1940 et ma sœur Bella avait été déportée.

– Mais elle a été déportée en 1943, c'est ce que tu m'as dit.

– Oui, mais il n'y avait pas assez de place là où mes parents et les aînés étaient cachés. Léa, Odette et moi étions à Paris chez une sœur de ma mère, je te l'ai dit mardi. Nous sommes restés séparés plus d'un an.

– Tu veux dire que vous êtes restées à Paris chez votre tante pendant un an?

– Oui, ma mère, mon père et les trois aînés, dont Bella, étaient à Évreux, c'est là qu'elle a été reconnue dans la rue par une bonne femme qui l'a dénoncée à la police et on l'a arrêtée.

– Que faisait-elle dans la rue? Tu me dis qu'ils étaient cachés?

– Justement, elle a convaincu ma mère de la laisser aller dormir chez une amie pour que nous puissions venir, il y avait cinq filles pour un lit-cage, à quatre c'était possible, et ma mère a fini par dire oui. C'était une obsession. Ma mère a répété pendant quinze ans : « Si j'avais dit non, elle serait encore en vie. »

– Revenons à ta mère, pourquoi dis-tu qu'elle a choisi de mourir?

– Quand on a déporté Bella, ma mère a été très malade. A cette époque on ne pouvait plus sortir, même pour aller chercher un médecin. On arrêtait tous les Juifs, les femmes, les enfants, français ou pas. Après la Libération, mon père mais surtout mon frère ont commencé à gagner du sou, nous nous jetions sur la nourriture, tu imagines, ma mère a fait un infarctus. Elle a été hospitalisée et quand elle est revenue à la maison, elle n'avait plus droit au sel, au pain, à la viande, au beurre, au fromage, à rien quoi! Elle pleurait devant son morceau de poulet pelé et refusait de manger les légumes cuits à l'eau, elle disait : « On me donne de l'herbe. » Elle l'a dit cent fois : « Un jour, je mangerai à ma faim, je mourrai mais j'aurai au moins mangé à ma faim une fois dans ma vie! »

– Et c'est ce qu'elle a fait?

– Oui, Léa et moi sommes allées voir la dame de l'hôtel où elle séjournait quand elle est morte à Amélie-les-Bains. Elle nous a raconté que ma mère envoyait mon père jouer aux cartes tous les soirs. Dès qu'il était parti, elle descendait à la cuisine et montrait à Mme Vial comment faire de la cuisine juive. C'est ça qui lui manquait, la cuisine juive, et bien entendu, elle se régalait. Un soir, mon père est rentré, elle était morte, toute seule. Quand ils sont partis, je veux dire mon père vivant et ma mère dans son cercueil, Mme Vial a trouvé sous le matelas des tas de gourmandises interdites. Elle avait dit qu'elle le ferait et elle l'a fait.

– Et elle s'est même offert le luxe de vous laisser d'elle une image vivante! Es-tu allée sur sa tombe?

– Non, jamais, et je n'irai jamais!

– Tu iras, tu dois y aller, je t'accompagnerai, c'est nécessaire...

Sartre regarda sa montre.

– C'est l'heure, petite, nous en reparlerons.

– Ne pars pas, je t'en prie.

– Nous allons partir ensemble, il le faut, tu vas m'accompagner jusque devant chez moi. Ne crains rien, je n'ai nulle intention de mourir.

Sartre pénétra dans le hall de l'immeuble où il habitait, je le voyais de dos derrière la porte en verre, il se tourna vers moi, leva son bras et agita sa main longuement, puis disparut.

J'étais figée face à la porte et je frissonnai en dépit de la douceur de mai; la dernière fois que j'avais vu un bras se lever ainsi, c'était en novembre 1959, sur le quai d'une gare, et c'était celui de ma mère.

6

J'attendais le mardi avec impatience et le redoutais tout autant. J'appréhendais l'humeur dans laquelle j'allais retrouver Sartre. En réalité, il était toujours le même, attentif à l'expression de mon visage, à l'intonation de ma première phrase ou à mon mutisme. Pendant tout le temps où je me présentais à lui dans cet état – cela dura plusieurs années –, je me heurtais à de terribles colères. J'essayais d'expliquer à Sartre que c'était précisément sa manière de scruter mon visage, la dureté avec laquelle il me répondait ou ses silences qui me paralysaient.

– Tu ne comprendras jamais rien, c'est exactement le contraire, c'est toi, et toi tout entière, qui m'obliges à être désagréable. J'ai l'impression de perdre mon temps! Tu en fais trop. Tu arrives et tu as l'air de dire : « Vois comme je suis malheureuse! » C'est insupportable. Comprends-moi, petite, tu peux me dire : « Je suis mal », et nous en discuterons. Mais cesse une fois pour toutes de te complaire dans ce genre d'attitude, ou ne viens pas.

J'étais anéantie, obsédée par certains mots que je transformais afin de leur donner un sens irréversible. J'interprétais la rapidité de mes pulsations comme la certitude d'une mort foudroyante et je m'en réjouissais. Ce serait bien fait pour lui, il verrait si c'était de la comédie!

– Mais enfin, petite, dis quelque chose, fais quelque chose! La voilà ta passivité dont j'aimerais connaître l'origine, pour t'aider à en sortir. A quoi penses-tu? Tu es révoltée, tu me détestes en ce moment, mais tu te tais. Es-tu donc incapable de te mettre une bonne fois en colère? Te rends-tu compte que tu retournes cette colère contre toi et qu'elle te fait du mal? Allons, petite, fais un effort, tu le sais que je ne te veux aucun mal.

Sartre avait délibérément frappé très fort. Il savait, cela s'était produit souvent, qu'il me faudrait du temps pour comprendre ce qu'il voulait me dire et accepter d'en reparler calmement.

– Regarde donc dans quel état est ce bureau, viens, on va ranger les livres.

– Tu sais ce que tu es, un dictateur!

– Et ta mère, qu'est-ce qu'elle était?

– Un Cosaque!

– Pourquoi ris-tu?

– J'ai cru que tu allais me dire : « Et ta sœur! » Ne me dis plus que je suis une bonne petite, après tout ce que tu viens de me balancer, je ne te croirai plus. Je me demande vraiment ce que tu me trouves!

– Je te trouve bonne.

– Brave, conne quoi!

– Non, bonne, foncièrement bonne, et pour moi c'est une très grande qualité!

– Tu te fous de moi!

– Non, je suis très sérieux, crois-le.

Sartre était perché sur sa chaise, il me tendait des livres, m'en réclamait d'autres.

– Tu es trop vive, je ne peux pas suivre!

– Je croyais que j'étais passive?

– Ne dis pas de conneries...

– Je plaisante.

– C'est vrai que tu es vive, pas toujours assez pour mon goût, il faudra bien une semaine pour que tu admettes que j'ai raison...

– Tu ne vas pas recommencer, ça suffit pour aujourd'hui...

– Oui, tu as raison, ça suffit.

Sartre descendit de sa chaise.

– Regarde, c'est joli comme ça, tu n'es pas d'accord? On terminera une autre fois.

Trois brefs coups de sonnette retentirent. Sartre se dirigea vers la porte d'entrée, l'ouvrit.

– Salut bien, petit Castor!

Elle venait chercher Sartre, ils dînaient au restaurant ce soir-là.

Castor remarqua le bureau débarrassé de tout ce qui l'encombrait et dit gaiement :

– Quelle bonne idée vous avez eue, je vous en félicite!

– Nous ferons ça une fois par mois, n'est-ce pas, petite?

– A vos ordres, maître!

Castor sourit poliment, Sartre rit franchement et lui dit :

– Je vous expliquerai.

Je rentrai chez moi écrasée par un sentiment de grande lassitude et la certitude que jamais je ne parviendrais à faire entendre à Sartre qu'il se trompait.

Dès que je m'éloignais de lui, je sentais la colère s'installer.

> « Es-tu donc incapable de te mettre une bonne fois en colère? »

Chaque mot me revenait en mémoire, douloureux, j'entendais le ton cassant avec lequel il me parlait. « Il n'a aucune estime pour moi. Il ne comprend pas, il ne veut pas comprendre. Mais pourquoi est-ce que je subis tout ça! »

J'entrai chez moi, mon fils était en vacances, j'étais seule, mon chien me fit la fête, je le pris contre moi, il enfouit sa tête dans mon cou.

– Toi au moins, tu me fais la fête, tu es toujours content de me voir.

J'aperçus mon visage dans la glace.

> « Ne prends pas ce visage de victime. Ne prends pas des airs qui en disent long. C'est insupportable, c'est

monstrueux, parle! Allons, petite, tu sais que je suis bien avec toi! »

Comme si la dernière phrase effaçait toutes les autres... et cette soirée à vivre. Comment font les gens pour interrompre leurs pensées, passer à autre chose, comme on dit? Étais-je monstrueuse? Sartre me reprenait pour tout.

– Qu'as-tu mangé ce midi, petite?

– Un petit bifteck et une salade...

– Tu te poses encore en victime, mais tu ne comprendras donc jamais!

Devant ma stupeur, il ajouta :

– Tu aurais dû me répondre « Un steak-salade » et me laisser te demander : « Un vrai ou un petit? » Ne comprends-tu pas la différence?

C'est ainsi que tout avait commencé. Il s'était agacé contre moi et je m'étais butée. Je me ferme quand on élève le ton, il le sait. Nous en avons souvent causé. S'il m'avait expliqué la même chose autrement...

« Ne te truque pas, petite... »

Même absent, il est présent. Je n'y arriverai jamais!

7

Un jour, Sartre m'annonça qu'il partait en URSS, qu'il n'y resterait que cinq ou six jours. Je protestai.

– D'accord, mais après tu pars pour des mois...

– Dis donc, petite, est-ce que je te reproche de vivre une histoire d'amour?

– Ah, c'est une femme que tu vas retrouver? C'est sérieux?

– Oui, mais garde ça pour toi. J'ai déjà suffisamment de problèmes avec mon monde. A propos, serais-tu femme à me trouver des peaux d'astrakan noir, de quoi confectionner un manteau, mais il faut absolument qu'il y ait un tampon russe dessus. Je te donnerai du sou, ne t'occupe pas de la dépense, c'est pour Wanda, j'ai troqué les peaux contre la paix.

– Bien sûr, j'espère que ça existe, mais comment t'en sors-tu avec les autres?

– Mal, à propos, petite, j'ai l'intention d'adopter Arlette, mais je ne le ferai jamais sans ton consentement.

Je me sentis pâlir, mon cœur s'accéléra.

– C'est une blague, tu parles sérieusement? Pourquoi me ferais-tu une chose pareille? Adopte qui tu veux, mais pas Arlette! Tu n'as cessé de me répéter que ma mère en préférant mon frère était coupable, qu'il te faudrait des années pour me défaire de mon besoin de preuves qui t'irrite tant, et aujourd'hui tu m'annonces, au milieu d'une histoire de peaux d'astrakan : « Je serai absent la semaine prochaine », et sur ta lancée : « J'ai l'intention d'adopter Arlette... », comme si tu me demandais de te procurer du savon à barbe...

– Tu sais très bien que ça ne signifie rien pour moi.

– Comment le saurais-je? Et si c'est le cas, pourquoi le faire?

– C'est compliqué, je t'expliquerai.

– Tu m'expliqueras, tu m'expliqueras, tu t'en tires toujours comme ça! Te rends-tu compte de ce que tu viens de m'annoncer...

– Je te dis que je ne le ferai jamais sans ton consentement...

Je fus saisie de tremblements, la tête me tournait, de grosses larmes coulaient sur mes joues.

– Ne pleure pas, petite, pas comme ça, dis-moi plutôt...

– Cesse de me dire : « Ne pleure pas comme ça », je ne sais pas pleurer autrement, et puis je ne pleure pas si souvent...

– C'est vrai. Et puis, ça n'est pas pour tout de suite, et je te l'ai dit, je ne le ferai pas sans ton consentement.

Je n'écoutais plus rien. Je ne voulais plus rien savoir.

– Calme-toi, parle-moi, enfin dis quelque chose!

Je pensais à notre conversation de la veille, j'étouffais.

– Tu verras quand je t'aurai introduite officiellement dans ma vie et que tu fréquenteras Arlette, tu découvriras que tu as une place aussi importante qu'elle dans ma vie. Simplement tu es arrivée après et je n'avais guère de place. N'oublie pas que je t'ai « mise » sur mon temps de travail et gardée, ça devrait te prouver que je tiens à toi...

La veille! Nous avions eu cette conversation la veille... Depuis quand avait-il pris cette décision? Non, ça n'était pas possible, il ne me mentait pas... Il n'aurait pu avoir cette idée en tête et... Ou alors c'était pour m'y préparer... Je deviens folle, oui, voilà ce qui m'arrive, tout s'emmêle dans ma tête, si je n'ai plus confiance en lui, je n'ai plus confiance en personne...

– Tu sais très bien que je ne te donnerai jamais mon consentement, tu es sournois, ça te va bien de me donner des leçons. Et Castor, que dit-elle de tout ça?

Liliane aux barrettes.
Photo prise par Jean-Paul Sartre en 1963.
« Cette frange te donne l'air con et buté... »

Concession pour concession :
Sartre pose pour Liliane
devant la bibliothèque bien rangée (1963).

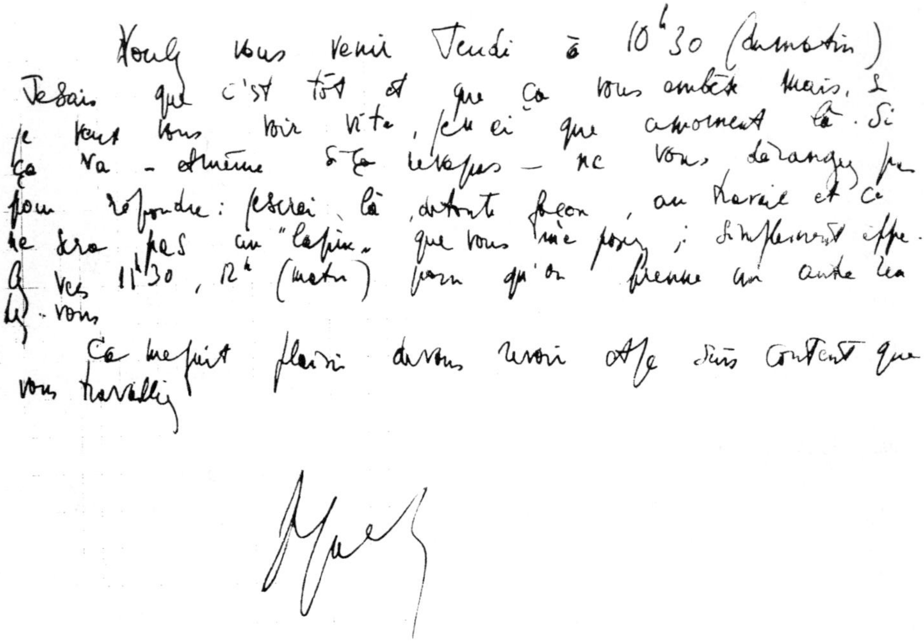

Voulez vous venir Jeudi à 10h30 (du matin) Je sais que c'est tôt et que ça vous embête mais je veux vous voir vite, je n'ai que ce moment là. Si ça va — et même si ça va pas — ne vous dérangez pas pour répondre : je serai là de toute façon, [illegible] et ce ne sera pas un "lapin" que vous me posez ; simplement appelez vers 11h30, 12h (matin) pour qu'on prenne un autre rendez-vous.

Ça me fait plaisir de vous revoir et je suis content que vous travailliez.

JPSartre

Première lettre de Sartre à Liliane.

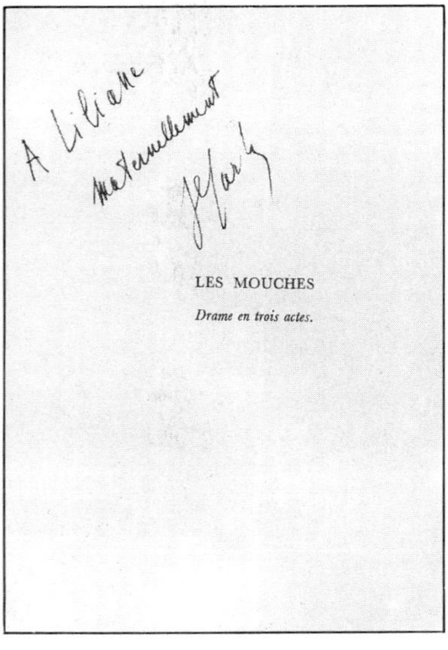

Première dédicace
de Sartre
à Liliane (1961)

Vendredi 29

Il y a longtemps que j'aurais dû vous écrire pour m'expliquer et m'excuser : je comptais vraiment que nous nous reverrions avant mon départ et puis le temps m'a manqué. Naturellement je n'ai pas écrit : il faut toujours que je fasse effort pour écrire des lettres, je ne sais pas pourquoi. Dès que je serai de retour (aux environs du 20) je vous enverrai un mot et nous prendrons, si vous le voulez, un rendez-vous.

Vous dites que vous êtes exigeante. Mais ce n'est pas cela : vous avez trop de temps et je n'en ai pas assez ; voilà tout. Saint Tropez, l'été, non, ce n'est pas marrant. J'y allais autrefois vers le mois de mars, avant Pâques, c'était désert et plaisant. Et, dans votre dernière lettre, on dirait que vous n'êtes pas tellement contente de cet appartement que vous désiriez tant. Est-ce parce que, malgré tout, vous vous y sentez encore plus seule que dans votre "cave" ? Avez vous continué d'écrire ? Vous savez, il y avait pas mal de choses que j'aimais bien dans ce début. Vous ne m'en dites plus rien et j'ai peur que vous ne vous soyez découragée. Nous en reparlerons en Octobre : il faut continuer.

Très amicalement

JPSartre

La seconde lettre de Sartre en 1962.

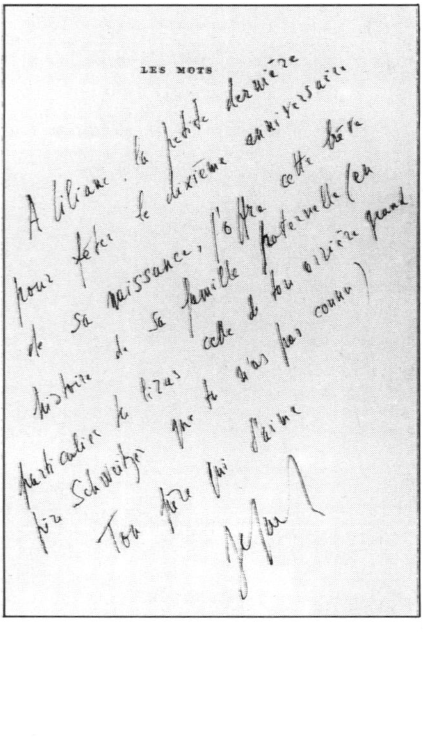

LES MOTS

A Liliane la petite dernière pour fêter le dixième anniversaire de sa naissance, j'offre cette brève histoire de sa famille paternelle (en particulier tu liras celle de ton arrière grand père Schweitzer que tu n'as pas connu)

Ton père qui t'aime

Sartre dans son nouvel appartement du boulevard Raspail. Sur la table en bois ciré, le paquet de Boyards, le chéquier toujours prêt, un roman de science-fiction de Jean Ray et un volume des œuvres de Flaubert. On peut voir la table du Castor, le lampadaire acheté aux Puces et son lit derrière la porte coulissante jamais fermée.

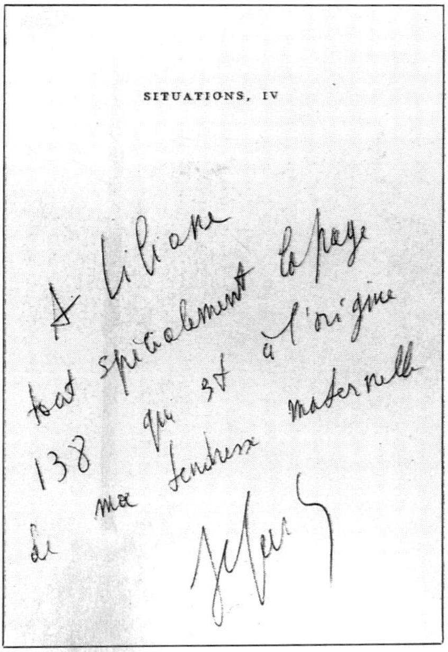
SITUATIONS, IV

A Liliane
tout spécialement la page
138 qui est à l'origine
de ma tendresse maternelle
J.-P. Sartre

Dédicace de Sartre à Liliane en 1965. En page 138 de *Situations, IV,* on lit un des passages de la préface à *Aden-Arabie* de Paul Nizan qui suscita la lettre de Liliane adressée à Sartre et la rencontre qui s'ensuivit.

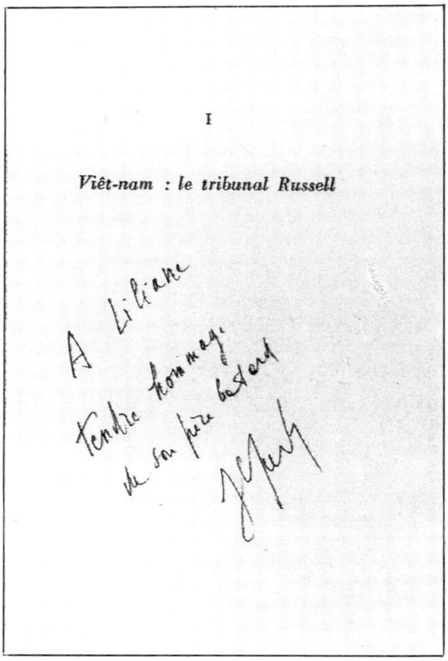
I

Viêt-nam : le tribunal Russell

A Liliane
Tendre hommage
de son père bâtard
J.-P. Sartre

Dédicace de Sartre à Liliane en 1968.

Bruay-en-Artois, 1970, enquête chez les mineurs :
le photographe nous demande d'agripper
les grilles d'une mine désaffectée…

Dîner chez des mineurs.
Par gentillesse, Sartre se force à manger du lapin :
violente crise d'asthme.

Visite des corons et des mines au petit matin.

Première vente à la criée de *La Cause du Peuple*, avenue du Général-Leclerc. Au premier plan : Sartre, suivi du Castor, de François Truffaut et de Jean Moreau.

Photographiée par François Truffaut,
Liliane retrouve sa frange.
Il la préférait ainsi.

Nous, soussignés, Jean-Paul Sartre dit Loulou et Liliane Siegel dit la Bâtarde décidons que les douze mois commençant au 1er Déc. 70 et finissant au 1er Déc 71 serons l'un pour l'autre objet de délices en permanence. Cet accord sera l'objet d'une tacite reconduction en Déc. 71 à moins que Liliane Siegel le dénonce

En foi de quoi nous signons

JPSartre

Liliane Siegel

Paris le 5.5.70

Pacte de réconciliation entre Sartre et Liliane,
six ans après l'adoption d'Arlette.

A la sortie d'une conférence de presse contre la torture en R.F.A., en 1972, à laquelle participait Sartre avec, à ses côtés, Alain Geismar et Liliane.

Entretien sur la violence avec des journalistes suédois dans l'appartement de Liliane, en 1971.
De g. à d. : André Glucksmann, Liliane et J.-P. Sartre.

Batarde de mon cœur

Je ne serai pas là pour te souhaiter ton anniversaire. Tant pis et tant mieux : tu sais que je n'aime pas ça. Mais toute occasion est bonne pour t'offrir profondément et sincèrement la possibilité de te faire un cadeau

Avec toute ma grande affection

Mark

Barré, réflexion faite ~~Si je t'ai donné plus, l'an dernier, tu me le diras au retour et je compléterai.~~

Grève de la faim à la chapelle Saint-Bernard, 1973.
De g. à d. : Jean-Claude Vernier, Sartre, Michèle Vian et Liliane.

Soixante-dixième anniversaire de Sartre
fêté chez Liliane : le Castor, « charmante, gaie et plaisante »,
ne cesse de nous faire rire (1975).

21 juin 1977, au théâtre Récamier :
toute la beauté du Castor, saisie par Gérald, le fils de Liliane.

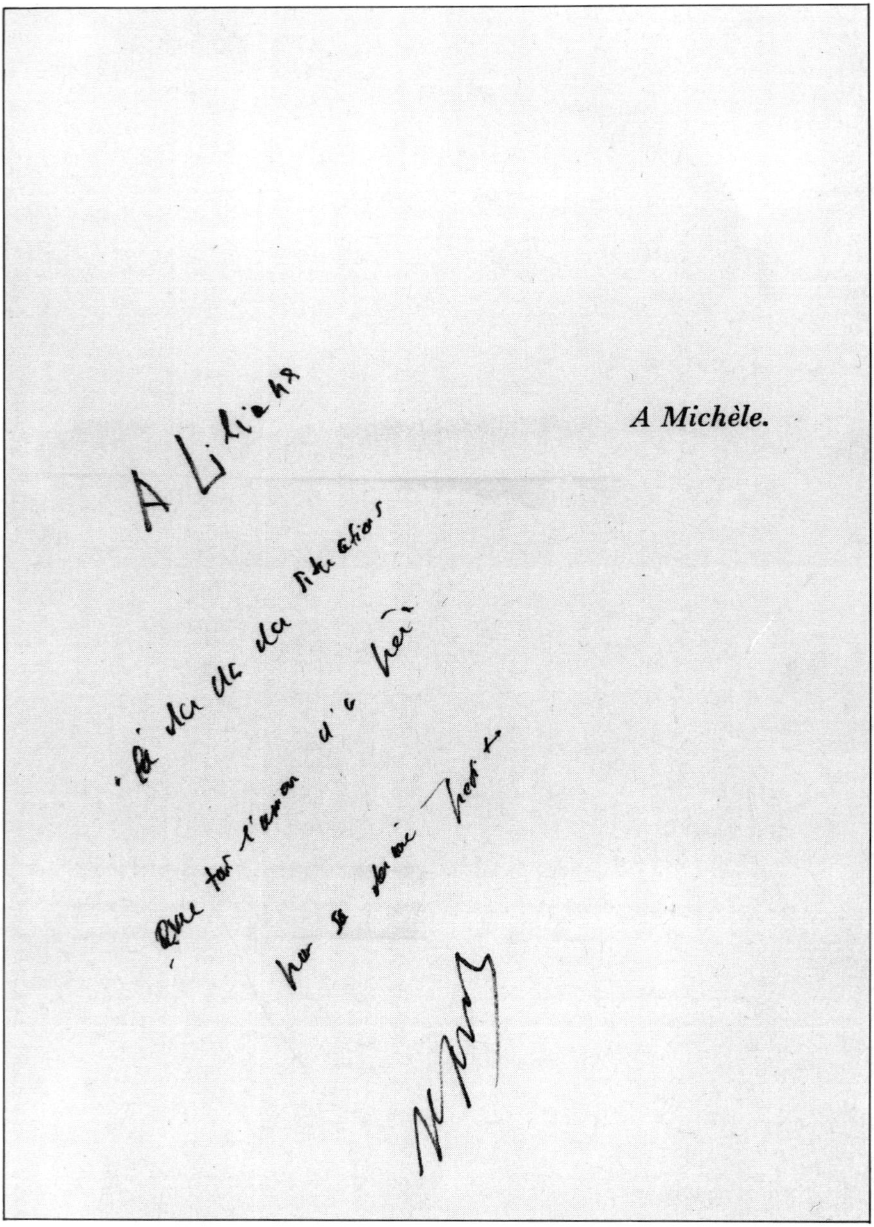

A Michèle.

Dernière dédicace à Liliane dans *Situations, X* :
« A Liliane, la dernière des Situations
avec tout l'amour d'un père pour sa dernière petite. »

Sartre avait connu le fils de Liliane
à l'âge de huit ans et demi. Il tint sa promesse
et fut son témoin lorsque Gérald épousa Catherine en 1978.

Sartre et Liliane écoutent, amusés,
le discours du maire,
et père de la mariée.

Catherine guide la main de Sartre
pour signer le registre
d'état-civil.

FRANÇOIS TRUFFAUT

Chère Liliane,

mes pensées se tournent bien souvent vers vous en ce moment même pendant les heures de tournage. Une troisième étape de votre vie commence maintenant. Il vous a appris à vivre sans votre mère et, si vous ne retenez que le meilleur, je crois qu'il vous aura également à vivre sans lui. Et puis ne perdez jamais de vue que la vraie déchéance lui a été épargné. La mort de votre neveu est un scandale, pas celle de Sartre qui est dans l'ordre chronologique des choses. La vie c'est vous, Gérald, la petite Emily voilà ce qui est prioritaire. Si cette lettre vient trop tot oubliez-la sitot lue mais sachez que je suis à coté de vous,

François

Lettre de François Truffaut
adressée à Liliane après la mort de J.-P. Sartre.

– Elle me blâme, elle dit que je vais faire des dégâts avec toi et avec Évelyne.

– Ah oui, c'est vrai il y a Évelyne, pauvre Évelyne! Tu le lui as dit?

– Non, pas encore, je te le répète, je songe à le faire, mais ça n'est pas pour tout de suite.

J'étais recroquevillée sur la chaise et me balançais en tripotant ma lèvre inférieure avec acharnement. Je n'étais plus avec Sartre, j'étais dans un grand dortoir, il me semble que c'était dans une mairie. Le plafond était très haut, il y avait quantité de lits à barreaux peints en blanc, au sol du marbre. L'Assistance publique nous avait prises en charge, ma sœur Bella (celle qui a été exterminée à A.), Léa, Odette et moi-même. Mon père s'était engagé dans l'armée, volontairement, à la déclaration de la guerre. Il voulait défendre la France, à son sens c'était la moindre des choses, c'était son pays, on l'y avait accueilli et on lui avait permis d'y rester. Il y avait bien quelques antisémites qui l'insultaient et lui conseillaient d'aller bouffer son pain dans son pays, mais il ne mélangeait pas les genres. Tous les Français ne pensaient pas ça et son pays c'était la France. Ma mère était désespérée : « On te tuera, on enverra les Juifs en premier sur le front. Si tu meurs je me tuerai, je ne peux pas vivre sans toi. » Mon père était entêté et plaçait son sens du devoir, celui de sa reconnaissance à la France, en priorité. Ma mère proféra les pires menaces, versa des fleuves de larmes, en vain. Je ne me souviens plus comment se déroula cette nouvelle épreuve. La rancune sans doute a tout verrouillé dans ma tête. Une fois de plus mon frère fut privilégié, il resta auprès de ma mère, il était hors de question qu'elle se séparât de lui. Ma sœur aînée resta à la maison : elle était indispensable, pour elle j'avais de la compassion, elle était la bonne de tout le monde.

Cette fois l'abandon était double : mon père « choisissait » de se faire tuer pour la France, ma mère se débarrassait de quatre de ses enfants. Je décidai de refuser de m'alimenter, je finirais bien par tomber malade, elle viendrait me chercher, ou peut-être arriverais-je à mourir. Le soir, lorsque les lumières s'éteignaient, je luttais contre le sommeil. Je savais qu'une surveillante passait, une lampe de poche à la main, qu'elle braquait sans ménagement sur chaque visage, la salope, afin de s'assurer que tout son monde dormait.

C'est dans ce dortoir, où tout à coup je me retrouvais précipitée tant d'années après, qu'une nuit j'avais attendu désespérément le passage de la surveillante. Elle n'avait pas voulu comprendre, pas plus que Sartre aujourd'hui, l'appel muet que je lui lançais. Lorsqu'elle découvrit que mes yeux étaient grands ouverts, elle entra dans une fureur indescriptible. D'un geste brutal, elle souleva mes couvertures et vociféra : « Ah, on veut me narguer, on ne dort pas, je vais t'apprendre le respect, moi, espèce de sale petite youpine! » Elle m'administra la plus monumentale fessée que j'aie jamais reçue, après avoir pris le soin de relever ma chemise, devant les regards apeurés de tout le dortoir qu'elle avait réveillé par ses hurlements.

Je n'ai même pas versé une larme, je n'allais pas lui faire ce plaisir, je ne dormirais pas non plus...

On finit toujours par s'endormir. Au petit matin, il me sembla rêver que mon père sifflait (il avait une manière bien particulière de siffler pour annoncer son retour à la maison), je bondis de mon lit – il faisait jour – et courus nu-pieds jusqu'au grand escalier. Je restai clouée au sol; Bella et Léa m'avaient rejointe, elles se tenaient à mes côtés. Un soldat montait les marches blanches en courant. Je me précipitai dans ses bras, enfouis ma tête dans son cou, fis tomber son calot; mes deux sœurs le tiraient vers elles, la petite nous avait suivies, elle criait : « Et moi, et moi! » Mon père me posa sur les marches, prit Odette dans ses bras. Comme je le trouvais beau, mon papa! Il avait obtenu une permission pour venir nous dire au revoir avant de partir pour le front.

Sartre posa ses mains sur mes épaules.

– Enfin, petite, vas-tu me dire à quoi tu penses!

Je levai péniblement la tête et lui répondis :

– Je ne pense pas, je me sens toute petite, c'est tout.

– On pense toujours à quelque chose.

Je me fermai de nouveau et pleurai en silence.

– Te rends-tu compte que tu me fais violence? Parle-moi!

Après un très long moment, je prononçai d'une voix étouffée :

– Mais pourquoi? Pourquoi?

– Parce que j'ai dit à Arlette que je m'étais retiré des voitures et qu'il va bien falloir un jour ou l'autre lui annoncer Léna *! Tout ceci est du social, tu comprends ça, petite, ça ne t'enlève rien et tu sais que j'ai horreur du social!

– Ça alors, tu es gonflé, tu as horreur du social, tout ceci est du social, dis-tu, et tu le fais tout de même! C'est toi qui as écrit : « Seuls les actes comptent », qu'est-ce qui peut justifier un tel acte puisque le social te fait horreur?

J'avais prononcé cette phrase avec un tel calme que j'en fus étonnée.

– Tu ne pourrais pas comprendre, si je te dis que ce qui compte avant tout, c'est d'avoir la paix, sur le fond c'est la vérité. Mais c'est plus compliqué. Il te faudrait connaître toute l'histoire d'Arlette et la mienne pour comprendre. D'ailleurs je ne suis pas sûr de comprendre moi-même. Je dois parer au plus urgent, de cela je suis sûr. Mais il est l'heure, petite, ne te bute pas, nous en reparlerons, tâche de n'être pas trop mal. Je te l'ai dit : je ne le ferai pas sans ton consentement.

– Tu sais très bien que je ne te le donnerai jamais!

– Tu me raccompagnes, ou tu es trop mal avec moi pour me rendre ce service?

– Je te rendrai ce service, à défaut d'en avoir du plaisir. Tout de même, tu aurais pu attendre ton retour pour m'annoncer cette nouvelle! Mais peut-être était-ce délibéré, pour mon bien?

– Non, sûrement pas.

Sartre mit sa main sur mon avant-bras. Je me raidis.

– Crois-le, petite, je suis très emmerdé. En effet, j'aurais dû attendre d'être présent. Je voudrais que tu comprennes,

* La femme qu'il allait retrouver en URSS.

ça ne t'enlèvera rien, bien au contraire, tu seras ma bâtarde, et je préfère de loin les bâtards aux enfants adoptés.

– Demande à Arlette de comprendre, après tout, tu as bien le droit de sauter qui tu veux!

– C'est autre chose qu'une histoire de cul, je verrai Léna aussi souvent que ce sera possible... Ça va faire des histoires...

– C'est toi qui t'es mis là-dedans!

– Ah, c'est moi qui suis allé vous chercher, toutes autant que vous êtes?

– Tu t'es bien débrouillé en tout cas pour qu'on ne s'en aille pas!

– Voilà qui est mieux, tu retrouves ta verve, allez, petite, faisons la paix, tu sais que je n'aime pas qu'on se quitte ainsi, ne pense plus à tout ça, de toute façon on se voit jeudi, promets-moi d'être bien, je tiens à toi, tu le sais, après tout, il vaut mieux avoir un père bâtard que pas de père du tout!

– J'en ai un de père...

– Si l'on peut dire...

– A propos, Arlette, elle n'a plus son père non plus?

– Bien sûr que si!

– Mais pourquoi ne lui trouves-tu pas une mère? A moi, ça me suffit que tu remplaces ma mère, il ne m'est jamais venu à l'esprit qu'il faille l'officialiser!

Nous étions devant l'immeuble de Castor. Je sortis de l'auto pour ouvrir la portière à Sartre, c'était un geste habituel, et j'aperçus Castor penchée à la fenêtre qui guettait.

Je fus troublée lorsqu'elle me demanda précipitamment :

– Tout va bien, Liliane?

– Oui, Castor, tout va bien. Pourquoi? Nous sommes en retard?

– Il est neuf heures moins le quart, je commençais à m'inquiéter!

Je saluai Sartre et repartis dans un état pitoyable. Ce soir-là, mon fils n'était pas là, j'étais soulagée d'être seule. J'avalai un somnifère et m'endormis aussitôt.

8

Périodiquement, Sartre choisissait le moment qu'il jugeait opportun et revenait patiemment sur la délicate question de l'adoption : « Alors, petite, ce consentement, y songes-tu? »

Invariablement je rétorquais : « Oui oui, mais la réponse n'a pas varié, tu sais, c'est pas demain la veille. »

Sartre n'allait jamais au-delà.

Aujourd'hui, en y repensant, je m'en veux terriblement de l'avoir tourmenté si longtemps par mon obstination. Je revois son visage exprimant fugitivement le désarroi pour faire place presque immédiatement à la réflexion comme pour dire : « N'allons pas plus loin, je trouverai bien un moyen », et finir par couper court en m'affirmant : « Tu n'es pas du genre à lâcher prise. Bon, n'en parlons plus, il n'y a pas urgence! »

De plus en plus souvent, Sartre m'annonçait qu'il allait s'absenter pour l'URSS. Je savais qu'il y retrouvait Léna et me réjouissais pour eux, cependant mon abandonnisme reprenait inévitablement le dessus. J'étais incapable, à cette époque, de m'oublier (comme il disait) et manifestais maladroitement ma rancœur : je me taisais.

Immanquablement, Sartre s'irritait avec violence :

– Tu es monstrueuse, tu es là à te préférer et tu prétends tenir à moi. Vous êtes toutes semblables, tout pour vous et rien pour l'autre. Je t'ai dit que je tiens très fort à Léna. As-tu si peu de générosité envers moi qu'il me faille subir à chaque fois ce visage affligeant? Après tout, tu as ta vie et je l'approuve! Imagine un instant que tu sois séparée de X par trois heures d'avion, que tu ne prendrais pas d'ailleurs; tu sais toutes les difficultés que représente un tel voyage qui doit être officiel! Il faut jongler avec le temps, tenir compte de tout mon monde, ne peux-tu comprendre ça, petite? Je te l'ai déjà dit, je verrai Léna aussi souvent que ça sera possible. Ça ne te retire rien d'autre qu'un mardi et un jeudi, et songe que je ne sais pas si je pourrai y retourner ni quand!

– Tu as raison, c'est monstrueux. Je suis contente pour toi, tu dois me croire, mais ça vient toujours en second. Ma première pensée c'est : « Ça y est, il me laisse encore. » Ça me dégoûte d'être comme ça, mais il me semble que je n'y peux rien. Je ne suis pas fière de moi, tu sais! Je me demande si ça changera un jour.

– On y arrivera, ça prend du temps, voilà tout. Et puis je sais bien d'où ça te vient. Je me suis mis en colère mais je ne pense pas que tu sois monstrueuse, allez, tu n'es pas un mauvais cheval!

A chacun de ses voyages un télégramme m'assurait que Sartre était bien arrivé. Des cartes postales et de courtes lettres me permettaient de le situer pendant son séjour. Je pensais à lui avec une tendre reconnaissance. En effet, je comprenais enfin que l'on peut être séparé pour un temps de quelqu'un à qui l'on est très attaché et vivre cette coupure aussi bien que possible, pourvu que l'autre soit heureux.

En 1964, Sartre et Castor parvinrent à obtenir l'autorisation de faire venir Léna à Paris pour trois semaines. Sartre annonça donc à « ses femmes » et à moi-même qu'il ne verrait aucune d'entre nous pendant tout ce temps.

Durant tout le séjour de Léna, Sartre me téléphona deux ou trois fois par semaine. Tout allait bien pour lui, pour moi c'était l'essentiel. Il me semblait que je commençais à ressentir ce que Sartre avait mis si longtemps à essayer de me faire comprendre : il faut savoir ne pas se préférer.

Le premier mardi que je passai avec Sartre après le départ de Léna, je le questionnai avidement. Comme de coutume, il répondit volontiers. Il espérait retourner en URSS à Pâques, mais il ne savait pas comment il allait s'en sortir avec Arlette. Elle avait très mal pris l'existence de Léna et sa propre éviction, fût-elle momentanée.

– Tu ne lui as donc pas appris à ne pas se préférer?

– Elle pense que je me suis préféré!

– Si je comprends bien, ça s'est plutôt mal passé?

– C'est le moins que l'on puisse dire!

– Tu as l'air emmerdé?

– C'est toujours emmerdant de faire du mal à quelqu'un à qui l'on tient.

– Ça s'arrangera...

– Ça s'arrangera, comme tu dis, et puis viendront d'autres emmerdements.

– Tu essaies de me préparer à quoi exactement?

Trois petits coups de sonnette retentirent. Sartre se leva.

– Tu es sauvé par le gong boxeur?

Sartre rit de bon cœur en ouvrant la porte au Castor.

9

Quelques mois plus tard, une bonne petite copine me conseilla au téléphone d'aller acheter *France-Soir*.

– Sartre a adopté une fille, tu le savais? Ça fait la une du journal.

Je n'ai pas terminé mon cours de yoga ce soir-là. Il m'a semblé que la terre s'ouvrait sous moi, que je ne pourrais plus reprendre mon souffle. Je m'effondrai sur mon lit en sanglotant, il avait promis!... Sans mon consentement... J'ai dû ressasser ces deux phrases durant des heures. Puis j'appelai Castor. Elle s'affola, je ne parvenais pas à articuler un mot.

– Liliane, que se passe-t-il? Parlez-moi, reprenez-vous.

– Il avait dit... il avait dit, Castor, qu'il ne le ferait jamais sans mon consentement!

– Ah, vous savez! Il voulait vous le dire lui-même...

– Mais il avait promis, Castor...

– Allons, calmez-vous, vous savez très bien que ça ne veut rien dire pour lui.

– Il avait promis, Castor.

– Il vous expliquera, calmez-vous, je vous en prie, tout ceci est du social, ça ne compte pas, vous savez qu'il a horreur de ça et qu'il tient à vous...

– Mais il avait dit qu'il ne le ferait jamais sans mon consentement...

– Vous êtes seule?

– Oui.

– Il est tard, Liliane, prenez un remède pour dormir, vous en causerez avec lui demain. Vous m'écoutez, Liliane?

– Oui.

– Alors faites ce que je vous dis. Je vous embrasse.

Le téléphone me sortit brutalement d'un sommeil lourd. Il m'aurait fallu faire un tel effort pour l'atteindre... Brusquement tout me revint en mémoire, une terrible douleur me noua l'estomac...

« Tu en fais trop, petite... »

Il avait pourtant promis... Je replongeai dans le sommeil. J'étais dans une grande pièce pleine de monde, je ne voyais que les visages. Je n'en connaissais aucun. Tout à coup tous ces visages se mirent à rire et tous devinrent celui de mon père, ils riaient si fort que quelqu'un que je ne voyais pas se mit à frapper sur quelque chose que je ne voyais pas davantage. Je m'éveillai le cœur battant, on frappait à la porte à grands coups.

– Ouvre, petite, je sais que tu es là, ouvre donc!

J'ouvris la porte à Sartre et lui tournai le dos.

– Je sais ce que tu ressens, petite...

– Ne t'approche pas, ne me touche pas, je ne veux rien entendre, tu m'as trahie, je ne pourrai jamais te pardonner, je n'ai plus confiance, tu comprends?

Je me traînai jusqu'à mon lit. Sartre me suivit.

– Tu avais promis et tu l'as fait en me mettant devant le fait accompli.

– Je sais, mais tu sais bien que tu n'aurais jamais consenti...

– Il ne fallait pas promettre, c'est tout.

Je m'effondrai en larmes.

– Écoute-moi, petite, j'aurais voulu t'y préparer, t'expliquer que ça ne compte pas pour moi, et surtout te le dire moi-même. Je comprends ce que tu ressens...

– Non, tu ne peux pas comprendre...

– Je compenserai, crois-moi...

– Tes compensations, tu sais où tu te les mets? Au cul!

Jamais tu ne compenseras une telle trahison, jamais! Et ne m'appelle pas « petite »! A présent tu peux t'en aller, je ne veux plus rien entendre et tu ne me tireras plus un mot.

Aucun mot ne saurait exprimer les remords qui m'assaillent lorsque je repense à la peine que j'ai infligée à Sartre ce jour-là.

Je refusai de le voir durant plusieurs semaines. Castor me téléphona.

– Donnez-lui au moins la possibilité de vous expliquer comment tout ça s'est fait!

Je cédai enfin. Sartre tenta de me démontrer qu'il avait paré au plus urgent. Que l'arrivée de Léna avait provoqué un drame avec Arlette.

Il lui fallut des années pour m'en convaincre. Six ans plus tard, très précisément, Sartre tout content me proposa un contrat ainsi libellé et dûment signé :

> « Nous, soussignés, Jean-Paul Sartre dit Poulou, et Liliane Siegel dite la Bâtarde, décidons que les douze mois commençant au 1er déc. 70 et finissant au 1er déc. 71 seront l'un pour l'autre *objet de délices* en permanence. Cet accord fera l'objet d'une tacite reconduction en déc. 71 à moins que Liliane Siegel le dénonce. En foi de quoi nous signons.
>
> Paris, le 5.5.70. »

10

Il serait inexact de laisser entendre que ma relation avec Sartre se bornait à des « séances » souvent pénibles mais salutaires ô combien.

Sartre dosait savamment. Il introduisait délibérément certaines questions au moment où il les jugeait opportunes et toujours lorsque nous avions plusieurs heures à passer ensemble : aux petits déjeuners, le manque de temps et le lieu ne s'y prêtaient guère.

Sartre me parlait de lui, de ce qu'il avait fait la veille. Il me conseillait dans mes lectures, m'incitait à voir certains films, des pièces de théâtre, m'emmenait parfois voir une exposition de peinture, m'encourageait dans mon travail, il participa pleinement à l'éducation de mon fils qu'il vit seul une fois par semaine dès l'âge de neuf ans, me consolait lorsque j'avais des peines de toutes sortes, organisait minutieusement mes vacances et me les offrait lorsqu'elles étaient trop coûteuses.

Sartre me fit découvrir et déguster les livres d'histoire, les romans policiers, la littérature russe, américaine, italienne, Proust et le caviar, la bonne chère et les vins. Il m'achetait des disques afin de stimuler mon goût pour la musique, unique héritage transmis par mon père bien malgré lui à la naissance.

Sur son conseil, j'achetai un piano à crédit, et pris des leçons. Sartre était rigoureux et exigeant, il vérifierait mes progrès le moment venu; tels étaient ses propos.

Il attendit environ une année, puis, d'autorité, décida qu'il viendrait m'écouter jouer chez moi.

Le mardi suivant, après s'être assis dans un fauteuil, Sartre posa ses mains sur ses cuisses et attendit sans dire un mot. Il avait l'air si solennel que mes mains se mirent à trembler.

– Va, petite, je t'écoute.

J'entamai timidement un prélude de Bach dont nous avions longuement parlé et fis une erreur.

– Continue, ça n'a pas d'importance.

Je terminai péniblement. Les tremblements avaient cessé.

– Recommence. A présent ça va aller.

Je repris le prélude à son début, oubliant Sartre, emplie par la musique et la joie qu'elle m'apportait.

Sartre était avare de compliments et détestait la flatterie. Ce jour-là il me combla.

– C'est très bien, petite, tu sais apprécier un bon vin et tu joueras bien du piano. Je suis content de toi. Il faut continuer et travailler chaque jour.

Plus tard, lorsque je sortis de la clandestinité, Sartre vint fréquemment chez moi. Il jouait du piano. Il en jouait bien. J'avais, sur sa demande, acheté des partitions : Chopin, Debussy, Sati. Souvent il improvisait, ou nous jouions à quatre mains. Aucun mot ne saurait exprimer ce que j'éprouvais alors.

Depuis la mort de Sartre, le piano est resté muet. Il faudra recommencer un jour... Ainsi fermé, par sa forme et son bois verni brun clair, il ressemble trop à un cercueil!

11

Les événements de Mai 68, auxquels j'avais très largement participé, nous avaient éloignés des conversations qui avaient souvent un but bien précis : m'ouvrir à la vie, comme disait Sartre. Nous étions à la fin du mois de juin, il faisait un temps superbe ce mardi après-midi, mais nous n'étions pas gais.

– Oh, je ne me fais guère d'illusions, tu verras, petite, le gouvernement laissera passer quelques jours, puis il ouvrira les vannes, il y aura de l'essence pour tout le monde, l'occasion est trop belle. Les gens partiront en vacances, ça démobilise, les vacances. A propos, nous n'avons rien prévu pour tes vacances?

– Non, tu avais dit : « On verra à mon retour de Yougoslavie », et tout a été si vite!

Sartre devint soucieux, resta silencieux un long moment puis me dit d'un air amusé :

– Que dirais-tu d'un voyage à Rome? Tu prendras un wagon-lit, je t'installerai dans un petit hôtel que je connais bien, je ne te verrai pas autant que tu le souhaites, mais...

– A Rome?

– Pourquoi pas? Je te ferai ton programme, et tu verras où nous logeons, Castor et moi, ça te dit? Je te donnerai du sou bien sûr!

Je ne pus retenir mes larmes.

– Voilà comment je suis récompensé, petite sotte, si tu te mets à pleurer...

– C'est tellement inattendu!

– Mais c'est que je pars avec Arlette dans quelques jours pour la Yougoslavie! Occupe-toi du billet de train, je demanderai à Castor de réserver l'hôtel, tu lui remettras l'heure de ton arrivée, c'est plus sûr, je risquerais de l'égarer et puis Arlette pourrait la trouver. J'irai t'attendre à la gare. Ne rate pas ton train!

J'arrivai à la gare largement en avance. Le train était sur le quai mais les portières étaient fermées. Je repérai le numéro du wagon, posai mes valises et fus saisie d'une angoisse terrifiante. Il me semblait qu'un épais brouillard m'enveloppait, de curieux bruits de cloches assourdis me cognaient aux oreilles, je m'accrochai à un homme qui passait.

– Monsieur, je crois que je vais m'évanouir...

– Elle est sûrement enceinte, il faut appeler un médecin, regardez comme elle est pâle.

La voix me parvenait feutrée puis s'amplifia. J'ouvris les yeux mais les refermai aussitôt. Des visages me scrutaient, il me semblait que je faisais un cauchemar. Une voix nasillarde énumérait des noms dont je ne pouvais saisir le sens puis soudain :

– En voiture, s'il vous plaît.

Mon train! Mes valises! Je m'étais relevée si vite que les gens reculèrent brusquement. La pendule indiquait vingt heures, j'avais tout le temps. Les gens se faisaient pressants.

– Voulez-vous qu'on appelle Police-Secours, vous n'allez pas partir comme ça...

– Ça va bien, je vous remercie, ce doit être la chaleur, je vais m'allonger dans le train.

Le chef de train vint à mon secours. Devant son uniforme les gens s'effacèrent à contrecœur après l'avoir informé de l'incident. Il me demanda mon billet et s'empara de mes bagages.

– Venez, je vais vous installer.

Sartre m'avait recommandé de lui donner du sou et de

retenir un couvert pour dîner. Je glissai un billet dans sa main en le remerciant, le priai de m'ouvrir le lit et de m'apporter de l'eau dès que ce serait possible.

– Après le départ du train, merci beaucoup, mademoiselle, ça va aller?

Petite, j'avais toujours du mal à m'endormir. J'étais recroquevillée contre ma sœur Léa, afin de laisser de la place à mes deux autres sœurs qui dormaient au pied du même lit. Le bruit des trains qui passaient m'affolait. Nous avions subi plusieurs bombardements. Mes parents dormaient dans la pièce où nous étions cachés, en face de la gare d'Évreux.

> « Tu as toujours ton revolver? (Ma mère chuchotait mais je l'entendais parfaitement.) Si tu entends la clochette du portail, tu tues les enfants en premier, puis moi et toi, je ne veux pas qu'on nous sépare, je préfère qu'on meure tout de suite, tous ensemble. »

La clochette retentit, je m'éveillai, hébétée, couverte de sueur.

– Premier service, premier service.

Je regardai ma montre, il était vingt heures quarante-cinq. Pourquoi tout ce bruit, on a dû me mettre sur les roues, je ne vais pas pouvoir dormir. Après tout, ça vaut mieux que de faire des cauchemars!

– Voilà l'eau, mademoiselle, voulez-vous que je prépare votre lit?

Un homme en uniforme était devant moi, je ne l'avais pas entendu venir. Je faillis hurler, mais me contentai de sortir dans le couloir. Le chef de train m'adressa quelques mots qui se perdirent dans le fracas d'un train qui surgit en sens inverse. Je fixais obstinément la moquette qui recouvrait le sol de mon compartiment. J'y entrai, fermai la porte et tirai le verrou. Mon regard se posa sur les draps blancs. Dehors la nuit tombait. Je commençai à me dévêtir. Irrésistiblement mes yeux allaient de la moquette aux draps blancs. Je m'allongeai sur la couchette. Le bruit rythmé du train s'amplifiait, devenait insupportable. La tête sous l'oreiller, le bruit m'arrivait feutré mais scandait : moquette – draps blancs – moquette – draps blancs.

> « J'étais plantée devant le téléphone, j'attendais des nouvelles de ma mère, elle avait promis de m'appeler.
> – Allô, maman, allô?
> – Oui, c'est moi.
> – Où es-tu?
> – En Espagne.
> – Comment ça va, tu as fait bon voyage?
> – Un peu long, mais tu te rends compte, dans le train, il y avait de la moquette et des draps blancs! »

Je frissonnais, est-ce que je partais moi aussi pour mon dernier voyage? Pauvre maman, combien de fois l'ai-je entendue dire :

> « Elle est partie en train et elle n'est pas revenue. On ne peut pas dire ça à une mère, tu comprends, elle doit revenir, elle va revenir, elle est vivante, j'en suis sûre, elle a perdu la mémoire, elle a oublié son nom, mais elle sait que je l'attends. Un jour le facteur apportera une lettre, tu verras. »

Pendant quinze années elle a guetté le facteur, puis elle a renoncé et j'ai su qu'elle allait mourir. A quoi pensait-elle dans ce train qu'elle prenait pour la première fois?

Un long grincement me tira brusquement du sommeil, la lumière du jour m'aveugla. Je me levai aussitôt, consultai ma montre : sept heures, encore quelques heures et je retrouverais Sartre à Rome.

En arrivant, je me penchai à la fenêtre qui donnait sur le quai. Mais comment vais-je le retrouver au milieu de tout ce monde?

« Tu descends du train et tu m'attends, petite, tu m'entends? Je te trouverai, mais surtout ne bouge pas. Je serai là, tu peux y compter. »

Le train s'avançait lentement. Je fouillai des yeux la foule et l'aperçus. J'allais crier son nom pour attirer son attention, mais crie-t-on « Sartre » sur un quai de gare! Je fus prise d'un fou rire en imaginant la scène, lorsque Sartre m'aperçut à son tour.

– Voilà une façon bien plaisante de manifester ta joie, petite, me dit-il lorsqu'il s'empara de mes bagages.

Il faisait une chaleur étouffante dans le taxi qui nous emmena place du Panthéon.

– As-tu fait bon voyage?

– Oh, là, là! (Je n'allais pas lui raconter...)

Nous gravîmes quelques marches pour atteindre le hall de l'hôtel Senato. Un jeune homme portait les bagages. Un autre, plus âgé, salua Sartre cordialement, puis très courtoisement me souhaita un bon séjour à Rome. Je n'avais pas encore réalisé que j'étais à Rome. J'étais très émue et me tournai vers Sartre.

– Eh bien, petite, tu rêves? On t'attend pour te montrer ta chambre!

– Oui, c'est exactement ça, je rêve.

Sartre rit de bon cœur.

– Va, je t'attends. Tu verras, ce n'est pas luxueux mais c'est calme et confortable. J'y suis venu avant toi, tu sais. Après ça, si tu n'es pas trop fatiguée, nous irons déjeuner piazza Navona.

Nous avons marché lentement dans la rue. Sartre me tenait par le bras. De temps en temps, nous croisions un Monsieur qui ôtait son chapeau et s'inclinait en disant « Buon giorno ». Sartre répondait poliment.

– Ils vont nous interrompre tout le temps comme ça?

– Ils sont plus discrets qu'en France, ils saluent et ils passent.

Sartre avait réservé une table à une terrasse de restaurant, piazza Navona.

– Assieds-toi là, tu pourras mieux la regarder.

– Je ne sais pas parler et regarder en même temps et j'ai envie des deux à la fois.

– Tu la verras tout ton saoul, elle est tout près de ton hôtel.

Sartre me traduisit la carte dans sa totalité. Puis commanda du vin. Le garçon posa devant lui une carafe en verre épais, contenant un liquide jaunâtre un peu trouble, que je regardai avec méfiance.

– Goûte-le, tu le dois.

J'en bus un peu.

– C'est dégueulasse, on dirait qu'il est moisi.

– Ça fait ça au début, c'est un vin du pays. J'aime bien le boire à Rome. Mange, petite, ça se mange chaud les pâtes.

Je fixais la fontaine.

– Eh bien, petite, à quoi songes-tu?

– C'est apaisant le bruit de l'eau, je me demandais pourquoi.

– Il faut s'en aller, petite, c'est l'heure, à présent je dois travailler.

A leur hôtel, Castor était installée sur la terrasse. Son foulard et sa blouse claire renforçaient la couleur de ses yeux. Elle se leva, elle était radieuse.

– Bonjour, comment allez-vous? Comment était ce voyage? C'est assommant le train, c'est trop long. Vous devriez songer à prendre l'avion pour votre retour. Êtes-vous bien installée?

– Mais mon bon Castor, elle vient d'arriver, ne lui parlez pas de son retour. Nous avons été déjeuner chez Maestro Stefano.

– Qu'avez-vous mangé?

Je les regardais, attendrie. Était-ce leurs tenues estivales – Sartre avait ôté sa veste et portait une chemisette à manches courtes écrue –, ou bien le fait que je les voyais pour la première fois ensemble dans un autre lieu? Celui dont Sartre me disait :

« C'est à Rome, avec le Castor, que je suis vraiment heureux. Je n'ai pas de contraintes, juste deux coups de téléphone à donner le soir. »

– C'est beau, n'est-ce pas? Nous avons une vue magnifique! Asseyez-vous donc, vous devez être éreintée. Que voulez-vous boire? Nous vous avons établi un plan, où l'avez-vous mis, vous autre? (Elle s'adressait à Sartre.) Bien entendu vous l'organiserez à votre guise, mais pour visiter le Forum et le Colisée, je vous conseille d'y aller tôt le matin, l'après-midi la chaleur est insupportable.

Je regardai Castor comme si je la voyais pour la première fois, j'étais trop émue pour parler.

– Il faut t'en aller, petite, es-tu sûre de retrouver ton hôtel? Je t'appellerai ce soir à vingt heures et nous prendrons demain le petit déjeuner ensemble.

J'étais soulagée. J'avais besoin d'être seule. Je désirais me réfugier dans ce bonheur tout neuf, il me semblait impossible de le partager. Je regagnai lentement mon hôtel, m'allongeai sur le lit. Non, je ne rêvais pas, c'était l'été, j'étais à Rome, j'allais revoir Sartre demain, Castor m'avait accueillie chaleureusement, je ne me sentais plus exclue et réalisais combien j'avais été frustrée pendant ces huit années.

Depuis la mort de Sartre, je ne suis jamais retournée à Rome. Tout est resté intact dans ma mémoire. Les places, les rues, les monuments, les fontaines, les cimetières, les cafés, les restaurants, les musées.

Guidée par Castor ou par Sartre, seule ou avec lui, j'ai parcouru Rome avec frénésie. Lorsque je voyais Sartre, le temps me manquait : j'avais tant de choses à lui raconter, à lui demander.

Quand je fis mes adieux au Castor, à l'hôtel, j'étais affolée, j'avais gommé le voyage en train. Sartre s'impatientait :

– Petite, le taxi nous attend!

– Castor, auriez-vous un comprimé pour dormir?

– Bien sûr, c'est indispensable pour un si long voyage!

Sartre m'accompagna dans le compartiment, prit mes mains dans les siennes et s'étonna :

– Comment peut-on avoir les mains glacées par cette chaleur?

– Ben...

– Je comprends, je suis toujours maussade quand je quitte Rome. Je me console en pensant que j'y retournerai, toi aussi, tu reviendras, petite, c'est promis!

12

Lorsque je revis Sartre après mon séjour, il scruta mon visage comme de coutume, constata que « j'allais plutôt bien » et suggéra que nous rangions ses livres. Il faisait un temps superbe, la proposition de Sartre m'apparut comme un signe encourageant : nous n'allions pas parler de moi. Depuis plusieurs mois, Sartre était convaincu que je mettais de la mauvaise volonté, de l'entêtement, lorsque j'affirmais ne pas me souvenir de ma toute petite enfance. Il le regrettait pour moi, nous étions si près du but... Néanmoins, il avait volontairement lâché prise.

Nous procédions toujours de la même manière : nous réunissions les Pléiade éparpillées. Sartre les avait toutes : les Gallimard les lui envoyaient au fur et à mesure qu'elles paraissaient, il y tenait beaucoup et, à ma connaissance, ne les prêtait jamais, alors qu'il donnait quantité d'autres livres.

Je dépoussiérais les étagères et les livres, puis les donnais à Sartre qui les rangeait par ordre alphabétique.

Sartre fixait ma main droite alors que je lui tendais un livre et s'étonna :

– D'où vient cette cicatrice, elle n'a pas l'air bien...

– Ça! C'est le plus beau souvenir de ma vie! Je m'en souviens très bien, pourtant j'allais à l'école maternelle!

Je contai à Sartre par le menu dans quelles circonstances ma mère avait claqué la portière de la camionnette que conduisait mon père sur ma main, comment elle m'emmena à l'hôpital où l'on me fit une radiographie et un très gros pansement dont j'étais très fière, mais surtout de quelle manière elle se préoccupa de moi, uniquement de moi, et me choya alors.

Sartre fut probablement stupéfait de ces retrouvailles inespérées, mais n'en laissa rien paraître. Grâce à son habileté, à ses silences intentionnels, à ses pressions mesurées, ce jour-là, très précisément, il parvint à me faire comprendre, admettre, que l'on pouvait étouffer son passé, que c'était « ça » les vraies causes de « mon mal », qu'il fallait aller les chercher pour enfin les « casser ». Il m'expliqua que je devais consulter un analyste, il fallait une personne dont ce fût le métier et qui fût neutre, pas n'importe qui bien sûr, afin de terminer le « travail » commencé par lui depuis huit années, que mon salut en dépendait. Il eut bien du mal à me défaire de la pensée dont je le soupçonnais.

– Tu veux te débarrasser de moi?

Néanmoins il déclara sur un ton solennel qu'il romprait tout net et définitivement avec moi s'il me venait à l'esprit d'interrompre la thérapie sans l'avoir consulté auparavant.

Douze mois plus tard, je téléphonai à Sartre à dix-huit heures; c'était un vendredi, il travaillait avec Castor, il fallait un événement exceptionnel pour qu'on le dérangeât, et c'est lui, bien sûr, qui en décidait...

– J'ai terminé ma thérapie.

Cinq minutes plus tard, il me rejoignait au Raspail-Vert.

– Tu as l'air mécontent.

– Je suis très mécontent, je t'avais pourtant prévenue...

– Écoute, je sais ce que tu m'as envoyée chercher chez l'analyste. J'étais convaincue de ne pas avoir été aimée lorsque j'étais toute petite. Je quémandais des preuves auxquelles je ne pouvais croire. Évidemment je mélangeais tout. Au fond, puisqu'on ne m'avait pas aimée, je n'étais pas aimable; donc personne ne m'aimait. Personne mieux que toi ne peut comprendre ça, tu me suis?

- Parfaitement, mais...

– En réalité, j'ai découvert que j'ai été la préférée de ma

mère parmi ses filles jusqu'à la naissance de ma dernière petite sœur. Après ça a changé, il y a eu la guerre et Pauline est morte. Tu connais la suite, la séparation, la clandestinité et la déportation de Bella. Plus question d'amour! La peur prédominait, le seul but à atteindre c'était la survie. Figure-toi que ma mère me disait : « Toi, tu es si belle, si intelligente, un jour tu épouseras un prince. »

– Elle pensait à un homme riche, la malheureuse! Qui te l'a dit?

– Je m'en suis souvenue, et j'ai vérifié auprès de Fanny. J'ai appris par elle que j'étais adulée, on me demandait de chanter en yiddish à trois ans et tant de choses me sont revenues. Je m'en souviens, on me mettait debout sur une table et j'imitais l'accent d'une tante roumaine que j'aimais bien, tout le monde applaudissait, tu sais ce genre de conneries que l'on fait faire aux enfants... mais qui font exister...

– Mais la décision d'arrêter la thérapie...

– La réconciliation avec ma mère. Tu connais ça, toi? C'était le but à atteindre, à ce qu'il paraît. C'est vrai que je me sens tout à fait capable d'aller sur sa tombe à présent.

– Ça n'est plus nécessaire...

– Depuis hier, il s'est passé tant de choses en moi! C'est très curieux, il m'a semblé que c'était physique, comme si tout à coup je m'étais vidée pour me remplir en entier d'une autre manière...

– Mais tu as désobéi.

– J'ai désobéi à ma « Mère-Sartre », me sachant réellement menacée de rupture, et je n'ai pas eu peur, n'est-ce pas la preuve que je commence à devenir grande?

Sartre me regardait avec une expression que je ne lui connaissais pas.

– Tu as une curieuse expression sur le visage, tu as l'air tout fier de toi, comme si tu m'avais faite et bien faite.

– Il y a du vrai dans ce que tu dis, petite...

Je raccompagnai Sartre jusque devant chez lui, il se retourna derrière la porte vitrée et me fit un signe de la main.

Il faudra que j'arrive à lui dire un jour combien je l'aime!

Pour la première fois, cette année-là, je passai malgré son absence des vacances délicieuses. Je les lui décrivis et en fus bien récompensée :

8 août [1969]

« Mon petit chéri,

« Voilà, je crois, la première lettre heureuse – tout à fait heureuse – que tu m'envoies. Ça m'a fait un vrai plaisir. J'espère que ça continue à Zermatt. Comme c'est agréable *même pour les autres,* une fille qui sue le contentement. Je te dis que les malheureux doivent être discrets. Mais il n'y a pas d'indiscrétion à se montrer content. Continue, abreuve-moi de lettres satisfaites, tu ne me lasseras jamais. Non, tu ne fais pas de crise de vanité, ce serait bien différent : tu rejoins plutôt le contentement intime de ceux qui ont eu un bonheur de berceau, que d'ailleurs tu as eu et dont tu as été frustrée par la suite. Si X est « très amoureux », je suis sûr que c'est qu'il sent en toi cet embellissement qui vient de l'intérieur. Et ça me touche beaucoup que tu aies pensé à moi avec tendresse pendant que j'étais avec Arlette.

« Dubrovnik est une ville plaisante, très vieille avec des chaussées en pierre, qui ont l'air de porcelaine tellement elles sont lustrées par les pieds des habitants. Sans histoire. A présent je suis à Rome avec Castor. Nous avons été quelques jours à Florence. A présent, on travaille. Dans toute l'Italie c'est l'*a'fa* * : 33 à 37 degrés à l'ombre et de l'humidité dans l'air. Rome est toujours belle et rouge mais, au-dessus d'elle, le ciel est blanc (la brume plutôt que des nuages). Les gens étouffent. Même les Italiens. Nous aussi. Dehors. Mais, dedans, dans l'endroit que tu connais, nous avons toujours l'air conditionné, avec son bruit de cigale, et nous travaillons dans le confort.

* La canicule en italien.

« Mon chéri, ma bâtarde, je t'écrirai encore : à Paris vers le 15 août. Sois gaie, garde-moi ta tendresse...

« Je t'embrasse très fort.

J.-P. Sartre. »

III

13

Simone de Beauvoir a retracé dans ses mémoires les événements qui ont jalonné la vie de Sartre lorsqu'il décida d'aider les mouvements maos, en particulier celui de la Gauche Prolétarienne. Je me bornerai donc à raconter certains faits déterminants dans ma relation « militante » aux côtés de Sartre et de la GP.

Lorsque Le Bris et Le Dantec furent arrêtés, condamnés et emprisonnés, Sartre prit la direction de la publication de *La Cause du peuple*.

De plus en plus sollicité par les maos, Sartre n'envisageait pas de rogner sur ses heures de travail pour les rencontrer. Il leur fixa un rendez-vous sur « mon temps » et m'annonça tout joyeux qu'il allait « m'introduire officiellement dans sa vie ». Sartre était très fier de sa trouvaille. Désormais, je pourrais venir chez lui sans me cacher, le saluer dans la rue. Le voussoiement n'étant pas utilisé par les maos, je n'aurais plus à craindre que le « tu » révélateur m'échappât. Je m'enrichirais et ferais des tas de choses avec lui au vu et au su de tout le monde.

– Tu vois, petite, à partir de cette seconde, tu n'es plus clandestine, te voilà promue militante de la tête pensante de la Gauche Prolétarienne.

Je sautai au cou de Sartre qui en fut tout surpris.

– Ce n'est pas une blague...?

– Bien sûr que non, dans quelques minutes je vais te

présenter au « chef », que tu es supposée connaître depuis longtemps.

C'est ainsi que je connus avec bonheur Pierre Victor, alias Benni Lévy, que j'adoptai dès la première rencontre, probablement parce qu'il était celui auquel Sartre portait le plus d'intérêt, qu'il était juif et clandestin, mais par-dessus tout, celui à qui j'étais redevable de ma vie au grand jour.

Je sortis de ma clandestinité pour devenir aussitôt le secrétariat d'un mouvement clandestin. Comme les démarches administratives lui auraient pris trop de temps, Sartre m'attribua donc le titre officiel de codirectrice du journal. Je ne partageais pas, tant s'en faut, toutes les opinions de la GP, mais c'était une occasion de rendre service à Sartre et principalement, je l'ai compris plus tard, de compenser ce que Sartre appelait « ma bâtardise ».

Sartre le regretta amèrement par la suite. En effet, j'allais très mal supporter d'être inculpée et condamnée à deux reprises pour diffamation envers Raymond Marcellin. En sortant du Palais de justice, Sartre me dirait : « Pauvre petite, j'ai voulu associer ton nom au mien, je pensais que c'était une bonne chose pour toi. Je me suis conduit comme un con. »

Tout ce qui concernait les maos dans leur relation à Sartre devait passer par moi. Pour Sartre, j'étais le lien et le barrage. J'accomplissais ma nouvelle tâche scrupuleusement, dégustant goulûment le nom de Sartre associé au mien à chaque démarche; il m'ouvrait toutes les portes!

La Cause du peuple n'était pas interdit, mais on arrêtait, jugeait et incarcérait les vendeurs anonymes. On allait même jusqu'à arrêter quiconque était trouvé en possession d'un exemplaire du journal. Une décision s'imposait : il fallait concevoir un moyen de remédier à ces scandaleuses hypocrisies.

C'est ainsi que naquit l'idée de convoquer des gens connus et de leur proposer de vendre *La Cause du peuple* à la criée. On me remit une liste d'une soixantaine de noms parmi lesquels figuraient des femmes et des hommes de lettres, des cinéastes, des comédiennes et comédiens, des journalistes de la presse écrite et des scientifiques. J'étais transformée, mais

Sartre ne fut pas dupe : « Tout ceci est du " social ", mais tu as été dévalorisée par le " social " et c'est par le " social " que tu seras revalorisée. Voilà qui est fait, à présent tu vas vivre au grand jour, tu vois, petite, on peut être bâtarde et reconnue! »

J'entrepris de contacter par téléphone les personnes figurant sur la liste et proposai de les réunir dans mon appartement qui comportait une très grande pièce sans meubles, dans laquelle je donnais mes cours de yoga.

– Allô, bonjour, je voudrais parler à François Truffaut, s'il vous plaît.

– De la part de qui?

– Jean-Paul Sartre.

– Ne quittez pas, je vous prie.

Le rendez-vous eut lieu un samedi après-midi. Castor et Sartre arrivèrent les premiers, ponctuels comme à leur habitude, et s'installèrent dans ma « salle » de yoga. Puis une quarantaine de personnes défilèrent en moins d'une demi-heure. Le spectacle était insolite, chacun déclinait son nom à l'entrée et moi le mien. Il ne manquait que les petits fours et le champagne. Le ton montait. Très vite, des petits groupes se formèrent. Les maos parlaient de leurs exploits passés et futurs, les cinéastes de cinéma, les acteurs (ou plutôt les actrices, aucun acteur n'étant venu ce jour-là) de la censure.

Marguerite Duras expliquait à Sartre qu'elle ne supportait pas la foule, qu'il ne fallait donc pas compter sur elle. A cette seconde Sartre se ferma. Castor regardait les gens avec stupeur. Elle consultait du regard simultanément Sartre et sa montre, puis s'approcha de Sartre.

– Nous perdons notre temps, il faut prendre une décision.

– Je suis de votre avis.

Dissimulant à peine son irritation, Castor prit la parole avec fermeté, imposant soudain le silence :

– Voilà plus d'une heure que nous sommes réunis, vous savez tous quel est notre projet : vendre *La Cause du peuple* dans la rue, que ceux qui sont d'accord lèvent la main.

Le résultat fut consternant : huit bras se levèrent, dont ceux de Castor et de Sartre. Tous les autres se justifièrent par des rendez-vous déjà pris, ce serait pour une autre fois.

– Bien, allons-y.

Un mao prit la parole :

– Attendez, avant de nous séparer, il nous faut une ou deux voitures anonymes pour transporter *La Cause du peuple;* celles de Liliane et de son fils sont filées par les Renseignements généraux en permanence.

Tout le monde regarda tout le monde, comme dans une classe d'école lorsque le directeur attend que le coupable se dénonce; c'était comique. Quelques regards, dont celui de Sartre, se posèrent sur Marguerite Duras, qui rétorqua aussitôt à celui-ci :

– Demandez-moi tout ce que vous voudrez, mais pas ma voiture, c'est ce à quoi je tiens le plus!

Sartre, qui avait la répartie prompte, resta muet. Son visage se durcit, puis il esquissa un sourire. C'était limpide pour qui connaissait Sartre : à cet instant, Marguerite Duras avait cessé d'exister pour lui, c'était irréversible. Soudain, l'assemblée se déversa dans l'escalier qui retentit d'un tumulte indescriptible; les pas résonnaient bruyamment sur les marches, ils avaient haussé le ton, peut-être par nécessité, plus probablement parce qu'ils se sentaient soulagés de s'en être enfin sortis. Sartre était déçu.

– Ils ne sont pas près de passer à l'acte! Au fait, petite, Truffaut devait venir?

Nous étions dans le hall de l'immeuble, j'ouvris la porte qui donnait dans la rue et me trouvai face à François Truffaut.

– Je suis désolé d'être en retard, je suis en pleine synchronisation, qu'est-ce que vous avez décidé?

– On va vendre *La Cause du peuple* avenue du Général-Leclerc.

– Très bien, allons-y.

Sartre salua chaleureusement Truffaut et ajouta :

– Ils se sont défilés, nous sommes une petite dizaine, vous l'avez échappé belle, c'était insupportable!

Je les regardai partir, un peu déçue; j'avais été chargée de contacter immédiatement la presse au cas extrême où les autorités auraient osé arrêter l'une ou l'autre des personnalités présentes dans la rue. Je regagnai mon appartement.

Quand il m'y eut rejointe, Sartre me raconta comment, après avoir voulu l'arrêter, un flic s'était enfui comme un voleur lorsqu'une voix se fut écriée : « On n'arrête pas un prix Nobel! », ce qui avait particulièrement réjoui Truffaut.

Peu de temps après, Truffaut me téléphona. Il tenait à savoir où on en était. Il m'expliqua qu'il fallait mobiliser d'autres personnalités, que les mêmes ne devaient pas toujours apparaître. Il comptait sur moi pour expliquer à Sartre qu'il n'entendait pas se défiler, bien au contraire, qu'il restait solidaire. Il me demandait de le tenir au courant. Il terminait un film et devait se rendre ensuite aux États-Unis pour plusieurs semaines mais, dès que je connaîtrais la date du procès des vendeurs de *La Cause du peuple,* je devais le prévenir, au besoin il retarderait son départ pour venir témoigner. Je pouvais en assurer Sartre en son nom.

Ce dernier apprécia la finesse de l'analyse de Truffaut et me chargea de relancer certaines personnalités qui n'avaient pas participé à la première vente.

Trois jours plus tard, je me rendis à La Coupole où m'attendait François Truffaut qui, par une incroyable ironie du sort, m'avait invitée à partager un petit déjeuner. Je pensais en riant que j'étais décidément vouée à prendre des petits déjeuners avec des hommes célèbres.

Lorsque j'entrai à La Coupole cherchant Truffaut des yeux, il m'aperçut le premier et vint à ma rencontre.

– Pourquoi riez-vous? Est-ce le soleil qui vous rend si gaie?

J'étais au bord du fou rire.

– C'est une longue histoire, je vous raconterai plus tard...

– Non, non...

– Vous ne pourriez pas comprendre : votre spécialité, n'est-ce pas, est de faire des films? La mienne est de prendre des petits déjeuners avec des hommes célèbres, avec deux en tout cas...

– Je suppose que vous faites allusion à Jean-Paul Sartre. Si c'est le cas, j'en suis très honoré.

En m'asseyant à sa table, je pris le temps de l'observer. J'ai toujours été très sensible aux hommes bien habillés. Il portait un costume d'alpaga gris clair sur une chemise d'un bleu indéfinissable, un ciel de Provence teinté de lavande. La cravate subtilement harmonisée à l'ensemble barrait tout ce bleu de manière saisissante; je pensai : « Décidément, je n'aime pas les cravates. »

François Truffaut m'observait en silence. Je me demandais qui allait se décider à parler.

– Vous êtes un mélange de Paulette Godard et Elizabeth Taylor. Oui, oui, si on change votre coiffure c'est Paulette Godard. Mais peut-être pas la bouche...

– Oh, là, là! Heureusement que je ne suis pas une comédienne qui vient vous voir pour un rôle!

François Truffaut rit de bon cœur. Ses yeux se firent malicieux.

– Non, non, je n'aurais jamais procédé de cette manière! Que voulez-vous boire, ou manger peut-être?

– Un café, merci.

– Je n'avais pas l'intention de vous mettre mal à l'aise.

– Je ne suis pas mal à l'aise, je suis intriguée.

J'étais frappée par son regard : ses yeux scrutaient, questionnaient, soupesaient tout à la fois et dans le même temps donnaient l'impression de se fixer sur un détail.

– Ça tient à vos sourcils...

– De quoi parlez-vous?

– Vous fixez ma bouche, je peux bien fixer vos sourcils! En vérité, je me demandais si, comme Sartre, cette manière de fouiller un visage déterminait votre opinion. Mais peut-être est-ce une déformation?

– Excusez-moi.

Un long silence s'installa. Puis Truffaut ajouta :

– Je ne fixe pas votre bouche, ne faites pas attention, je n'arrive pas à être complètement avec vous. Si ça n'était pas pour Jean-Paul Sartre, je ne serais pas venu. Je me suis retiré de tout; en dehors de mes filles et de Madeleine, leur mère, je ne vois pratiquement personne. J'ai besoin de me reconstruire. Je ne veux pas vous paraître grossier, c'est pourquoi je vous fais cette confidence. Gardez-la pour vous. Avez-vous déjà vécu un vrai chagrin d'amour? Pardonnez-moi d'être indiscret.

– Je suis en plein dedans.

– Je suis désolé.

– J'aurais préféré que nous ayons autre chose en commun, quelque chose de moins douloureux. Ne soyez pas désolé, je crois savoir ce que vous ressentez. Vous pouvez compter sur ma discrétion, je sais comment les propos sont déformés quand ils sont repris par d'autres. Croyez-moi, je l'ai découvert à mes dépens.

– Je ne sais rien de vous. Je suis un homme public, vous savez des choses sur moi, ce n'est pas juste.

Je lui racontai alors la guerre, mon enfance de petite fille juive. Très vite la conversation prit un caractère imprévu, presque intime.

– En somme, dit Truffaut, nous avons trois choses en commun : nous avons eu tous les deux une enfance difficile, nous sommes en plein chagrin d'amour et nous avons une passion pour Sartre. Nous sommes loin des maos, non?

J'étais éberluée : j'étais venue à ce rendez-vous pour le tenir informé des actions à venir concernant *La Cause du peuple* et, moins de deux heures après, nous nous étions presque tout dit, comme il devait me le faire remarquer plus tard.

Déjà, bien avant de connaître François Truffaut, je me sentais très proche de sa sensibilité. J'avais vu tous ses films. *Les Mistons* m'avaient émerveillée, laissé l'image d'un regard gourmand mais pudique que pose un homme sur une femme, la beauté d'une histoire d'amour et sa précarité. *Les Quatre Cents Coups* m'avaient révoltée contre les parents qui ne savent pas aimer leur enfant et la solitude que celui-ci peut vivre.

Dans *Jules et Jim,* j'étais entrée comme dans un rêve. Je fus totalement conquise bien qu'à cette époque je ne fusse pas encore apte à comprendre que l'on pût s'aimer ainsi. La première fois que j'ai vu *Jules et Jim,* vers le milieu du film, je me demandai comment Truffaut pourrait terminer cette histoire. *Les Mistons* me revenaient en mémoire et je pensai : « Bien sûr, la mort va les séparer. »

J'entrais avec bonheur dans les paysages qu'il filmait en noir et blanc : la campagne des *Mistons,* la montagne de *Jules et Jim.* Si ces films avaient été en couleurs, la magie n'aurait pas agi. C'était une période de ma vie où les ciels devaient être gris.

Avant de nous séparer ce matin-là, François me confirma son départ imminent pour les États-Unis. Il m'écrirait, je promis de lui répondre.

Ce qui se passa entre nous ce jour-là donna naissance à une amitié qui vécut jusqu'à sa mort.

14

Lorsque je reçus la première lettre de François, je découvris sans surprise ce que j'avais pressenti : il décrivait minutieusement les lieux. Ce qui me frappa, ce fut que, tout comme Sartre, il me parlait dans le détail du temps qu'il faisait, des gens qu'il voyait, de l'état dans lequel il se trouvait. Il m'invitait, si je le voulais bien, à lui répondre et me donnait encore plus de précisions que ne le faisait Sartre.

> « Jusqu'au 1er octobre, car les lettres mettent entre quatre et six jours, et je quitte le 6 pour New York. Ici, l'adresse exacte est Beverly Hills Hotel 9641, Sunset Boulevard, Beverly Hills, 90210 Californie, US. Ensuite à New York, vous pouvez m'écrire au French Fil Office, 745, Fifth Avenue, New York NY 10022; j'y serai du 6 octobre au 15 environ. »

Je devais découvrir plus tard qu'il avait beaucoup d'affinités avec Sartre en dehors de son goût de la précision.

Tous deux préféraient la compagnie des femmes, ne concevaient pas l'idée d'un dîner en tête à tête avec un homme, avaient des relations d'amitié durables, qu'en règle générale ils ne mélangeaient pas, favorisant nettement les rapports à deux, enfin étaient d'une courtoisie infinie.

Sur un point précis, ils avaient un comportement radicalement opposé : Truffaut conservait et rangeait avec soin sa correspondance et d'une manière plus générale tout ce qui concernait son travail. Sartre n'y attachait aucune importance particulière et se laissait souvent déposséder de ses manuscrits.

Je n'oublierai jamais la façon dont François feuilleta une grande partie du brouillon de *L'Idiot de la famille* que je lui montrai un soir qu'il vint dîner chez moi. Il caressait chaque feuillet, ponctuant son geste de la manière inimitable qu'il avait de dire : « Incroyable, oui, oui, incroyable! »

Mais lorsque je lui racontai que c'était dans la poubelle (sous le regard amusé de Sartre) que j'avais récupéré l'énorme tas qu'il avait sous les yeux et dans un filet à provisions que je l'avais emporté, ne pouvant me résigner à le jeter, François s'écria :

– Mais ce n'est pas possible, c'est de la négligence!

– Non, il s'en fout, c'est tout! Il donne tout, enfin presque tout, car il ne faut pas s'aviser de toucher à ses livres, comme vous savez.

François était aussi très généreux, mais il aimait que ses dons aboutissent à des choses concrètes. C'était presque un reproche qu'il faisait à Sartre et à Castor.

– Mais François, Sartre et Castor ont aidé et aident des tas de gens en leur donnant les moyens financiers notamment de préparer un diplôme, c'est du concret, non?

– Oui, oui, mais je n'aime pas l'idée qu'ils entretiennent des femmes sans avoir cherché à leur faire faire quelque chose de leur vie...

– Castor ne fait pas ça, elle est très pointilleuse et vigilante, mais vous savez, Sartre a essayé, il a écrit des pièces de théâtre pour Wanda avec des rôles en or, Michelle faisait des traductions, tapait ses manuscrits, quant à Arlette, il voulait qu'elle continue ses études, ça n'a rien donné...

– C'est vrai que les femmes sont plus vigilantes, je suis heureux d'apprendre que Castor se comporte de cette manière. Vous savez l'estime que je porte à Sartre; tout de même, je trouve qu'il n'y a pas grand-chose de positif à entretenir des femmes qui deviennent totalement dépendantes. J'aime l'idée, oui, oui, d'aider des gens à faire quelque chose d'abouti. C'est tout de même incroyable de penser qu'il n'a plus un sou et..., il y a là quelque chose qui m'échappe.

– Il répète sans cesse : « Quand on commence quelque chose, il faut aller jusqu'au bout. »

– Mais je crois que c'est plus compliqué. Il est angoissé parce qu'il n'a plus d'argent, au point de refuser que je lui achète un pantalon dont il a vraiment besoin; mais savez-vous ce qu'il a fait des cinq mille francs que je vous ai empruntés pour lui? Il les a donnés à Contat! Je devais les rendre à mon frère qui les lui avait avancés pour...

– A Contat! Mais il gagne sa vie!

– Bien sûr qu'il gagne sa vie, nous avons eu une scène violente.

> « Tu t'es fait pigeonner, pourquoi lui as-tu donné cinq mille francs? Et comment va-t-on rendre cet argent à mon frère et à François à présent? Ça fait dix mille francs! (J'étais hors de moi.)
>
> – Il me les a demandés!
>
> – Il fallait lui dire que tu ne les avais pas!
>
> – Mais je les avais! Il ne m'a pas pigeonné puisque j'ai accepté de l'être!
>
> – Tu dis n'importe quoi.
>
> – Laisse ça, petite, c'est mon affaire, tu m'agaces à ne rien comprendre!
>
> – Celle-là, c'est la meilleure, tu me demandes d'emprunter cinq mille francs à mon frère parce que Mélina a claqué une fortune à je ne sais quoi, ensuite tu m'envoies chez François les chercher pour rembourser mon frère, tu oses me dire que c'est ton affaire et tu m'engueules par-dessus le marché! Qu'est-ce que je dis à mon frère?
>
> – Tu lui dis qu'il les aura demain!
>
> – Mais où les prendras-tu?
>
> – Je me débrouillerai.
>
> Il est resté silencieux pendant longtemps, ma colère

était tombée, je regrettais de m'être emportée, il me faisait peine; puis il a dit :
– Je demanderai au Castor. »

– Quand je vous dis que c'est compliqué! Dans ce cas, ça n'était pas une femme?

– Au départ si, l'argent c'était pour une certaine Mélina?

– En effet, mais vous ne connaissez pas l'histoire de Mélina, elle est incroyable, comme vous dites! Un mardi après-midi, comme tous les mardis, j'arrive chez Sartre qui tout guilleret me dit :

« Il m'en tombe une bien bonne!
– Une femme? Tu es trop gai pour que ce soit une tuile!
– Oui, une femme, mais je n'y suis vraiment pour rien, enfin si l'on peut dire! Hier on sonne à la porte, j'ouvre, une jeune femme est là plantée devant moi et me dit : " Vous me reconnaissez? On s'est vus à Athènes, lors d'une de vos conférences, je m'étais juré de vous revoir, me voilà! "
– Tu vas encore te mettre une femme sur le dos, je suppose qu'elle est belle?
– Pourquoi pas, pour être belle, elle est belle! J'avais regardé par l'œil de la porte avant de lui ouvrir.
– On voit tout déformé...
– Tout de même! »

François, passionné par cette nouvelle histoire, me pressait de poursuivre.

– Après plusieurs allers-retours entre la France et la Grèce, Sartre lui proposa de venir s'installer à Paris pour un an, lui assura qu'il s'occuperait d'elle et l'aiderait à poursuivre ses études. Sartre me demanda de lui trouver un appartement, je le trouvai et il paya bien sûr. Ensuite il fallut acheter des meubles anciens, elle n'aimait pas le moderne, puis un lit, du linge, tout quoi!

François riait de bon cœur.

– Ça vous plaît, cette histoire, j'en étais sûre! C'est sans doute pourquoi je ne vous l'avais pas racontée...

– Vous m'aviez raconté qu'il était allé avec Castor en Grèce, il me semble... Il était amoureux d'elle?

– Je ne dirais pas ça. Elle lui plaisait, elle le flattait, ça me rendait malade d'ailleurs, mais il n'était pas dupe...

– Je comprends ça, oui, oui, quand on est vieux, que l'on paye.

– Vous ferez ça, vous, quand vous serez vieux?

– Pourquoi pas, ça me paraît équitable.

– En tout cas il s'est dépris d'elle, du jour au lendemain, comme il s'était épris. Elle est retournée à Athènes en emportant, aux frais de Sartre, tout le mobilier sur un bateau.

– C'est une belle histoire, avec un début, un milieu et une fin, comme je les aime.

15

En 1970, la Gauche Prolétarienne m'a offert, à son insu, deux superbes cadeaux : mon officialisation dans la vie de Sartre, et une amitié d'une rare qualité avec François Truffaut qui dura quatorze ans. De la clandestinité, je serais sortie d'une manière ou d'une autre, Sartre aurait trouvé une astuce, mais jamais je n'aurais rencontré François.

L'état dans lequel nous étions tous deux, l'un s'efforçant de se reconstruire, l'autre tentant d'accepter l'évidence d'une rupture, aurait pu nous éloigner. Ce fut tout le contraire, et cela détermina notre relation. D'un certain point de vue, nous étions disponibles, vacants, mais nous désirions ardemment le rester. Il y avait certes, à travers moi, l'immense estime que François vouait à Sartre, mais ce qui l'intéressait, ça n'était pas le fait que je sois proche de Sartre, c'était le « nouvel éclairage », comme il disait, qu'à travers ma relation à Sartre il découvrait sur celui-ci.

François redoutait terriblement les indiscrétions. Nous conclûmes un pacte : nous garderions secrètement nos confidences réciproques pour nous, et nous seuls.

Pendant tout le temps où François vécut à l'hôtel George-V, un peu plus d'une année, nous nous sommes vus deux soirs par semaine. Nous causions des heures. Il aimait parler vrai, mais ne détestait pas conserver certains faits dans l'ombre. Lorsque je le lui faisais remarquer, il souriait malicieusement et me complimentait. Je refusais les compliments et me lançais dans d'interminables explications. Parfois, épuisé, il me priait de partir.

– Je n'ai pas votre aptitude à l'introspection!

– Il m'a fallu beaucoup de temps pour ne plus me truquer, vous savez! Enfin, le moins possible!

– Vous truquer? Quelle belle expression!

– Elle est de Sartre.

– Si vous le permettez, je la ferai mienne!...

François s'est reconstruit, il a recommencé à faire des films. Il me téléphonait, m'écrivait. Nous nous voyions régulièrement en fonction de son emploi du temps. Il était moins disponible mais toujours présent. Attentionné comme j'imaginais que seule une femme pouvait l'être, parce qu'elle sait exactement de quelle manière elle aimerait qu'on le soit avec elle.

Lorsque je partais en voyage, une gerbe de fleurs m'attendait pour me souhaiter la bienvenue. Où qu'il soit, il n'a jamais oublié un anniversaire, Noël ou le jour de l'an.

Avais-je une angine, une grippe, un petit mot plein d'humour accompagnait un bouquet de fleurs gigantesque qui n'entrait pas dans l'ascenseur et obligeait le livreur à monter les quatre étages à pied.

Il était à Los Angeles lorsqu'il apprit par la presse que Sartre était atteint de cécité. Il me téléphona à trois heures du matin, s'excusant de troubler mon sommeil : il ne pouvait attendre, il voulait savoir comment allait Sartre, si cette affreuse nouvelle était fondée et comment Sartre réagissait.

Plus tard, sollicité par Sartre pour réaliser les dix émissions télévisées sur l'histoire de la France, il me pria de l'accompagner. Ce fut un moment inoubliable. Je les écoutais, les regardais. Sartre exposait son projet, minutieusement. François, attentif, acquiesçait : « Oui oui, formidable! »...

Sartre fut vraiment déçu lorsque François lui expliqua qu'il ne pouvait envisager de s'engager pour plus d'un an dans un travail, mais il trouvait l'idée formidable, il fallait la mener à bien, ce serait un document unique... Après avoir conseillé à Sartre, qui lui avait demandé son avis, de contacter Roger

Louis et Claude de Givray comme réalisateurs, il l'assura qu'il serait à son entière disposition, que ce serait un plaisir pour lui, au moment du montage, d'être présent si Sartre le souhaitait.

Pendant les mois qui suivirent, François fut très absorbé par la préparation d'*Adèle H.*, néanmoins il trouvait toujours un moment pour s'informer de la bonne marche du projet. Il était heureux pour Sartre, persuadé à travers mes récits que Sartre reprenait goût au travail, donc à la vie. François s'installa à Guernesey (pour le tournage) et me fit promettre de le tenir informé du bon déroulement du projet.

> « Ma chère Liliane,
>
> « Merci pour votre lettre et pour les résumés de l'émission *. Ces textes sont en effet remarquables de logique et de clarté; actuellement, il manque une indication de ce que sera la présentation visuelle et parlée de ce matériel intellectuel. Il faut espérer que les deux metteurs en scène ne seront pas inférieurs à la pensée initiale.
>
> « Cela vous étonnera peut-être mais la lecture chronologique de ces textes me donne une impression démoralisante et peut-être même démobilisante.
>
> « On en retire l'impression que la droite finira toujours par gagner et que, si l'idée de justice progresse vite, la justice avance comme un escargot. Si vous imaginez que la politique est comparable à un spectacle donné sur une scène, on a l'impression que les gens comme Sartre (et pourtant il n'y en a pas beaucoup comme lui) se trouvent dans la salle parmi les spectateurs, invitant ceux-ci à réclamer un changement de pièce. Alors, à un certain moment, on fait semblant de changer de pièce, on remplace Pétain par de Gaulle puis par Giscard, mais la pièce est toujours la même. Vous me répondrez que c'est bien

* Il pensait : les émissions.

à cause de cela qu'il s'agit non plus de voter mais de faire la révolution? Mais les révolutionnaires ne sont-ils pas eux aussi des spectateurs éventuellement plus turbulents et lançant sur la scène des boules puantes qui n'empêchent guère Marcellin-Poniatowski de dormir? Je suppose, et j'espère, que ma façon de voir est trop simpliste. (J'en suis même certain, au point de vous demander de ne pas en parler aux intéressés dans les mêmes termes.) Tant mieux si, grâce à l'image libérale que Giscard veut donner de sa régence, les vérités de Sartre peuvent arriver chez presque tous les Français. Il est hors de doute que ces émissions feront événement.

« Enfin, la qualité du projet, sa netteté et son ampleur m'ont donné le regret de ne pouvoir – à cause de mon film d'enfants – y participer complètement mais je serai vraiment content d'en suivre les principales étapes et d'aider éventuellement à préserver la rigueur du projet. »

Lorsque j'appris à François que le contrat était rompu, sa première réaction fut la stupeur. Il avait été tenu au courant de toutes les péripéties, mais la notoriété de Sartre et l'estime qu'il lui portait, enfin la qualité du projet lui-même le rendaient certain qu'il finirait par aboutir : « Ils n'oseront pas, ça ferait trop de bruit! »

Sa deuxième réaction fut une terrible colère. Elle était due à deux sentiments qu'il ressentait avec la même intensité : « C'est une censure à peine camouflée et sournoise à la fois. Ils se serviront du coût des émissions, les Français goberont, l'argent, ils ne retiendront que ça. Du coup, ils privent l'histoire d'un document exceptionnel, fait par un homme exceptionnel, et c'est eux qui gagnent. Mais ce qui me paraît le plus grave, c'est qu'ils coupent les ailes de Sartre. Il ne se réinvestira plus dans un vrai travail après ce coup-là. Il était si enthousiaste! A son âge et n'y voyant plus, ce travail de groupe était formidable pour lui! Jullian aurait dû démissionner, il s'en serait tiré avec les honneurs! Vous devez le convaincre, dites-lui que je trouverai des Américains qui financeront le projet; j'en suis certain, Sartre est un phare aux USA, je vous l'ai déjà dit! »

Sartre ne voulut rien entendre bien que la proposition de François l'ait touché plus qu'il ne le laissa paraître. Il était décidé à rompre après avoir pris connaissance du contenu de la lettre de M. Jullian datée du 5 août 75, qu'il qualifia de sournoise, hypocrite, flatteuse.

La rupture eut lieu chez moi, M. Jullian accompagné de J.D. Wolfrom (ce dernier était présent à toutes les réunions, bien qu'il n'eût jamais dit un mot) tentait, mal à l'aise, d'expliquer à Sartre toutes les difficultés qu'il rencontrait :

– Sans nul doute, cela tient-il à vous, un être d'exception, et à l'œuvre telle que vous la concevez, une œuvre, elle aussi, d'exception...

Sartre le laissait s'enliser.

– J'ai songé à une émission pilote.

M. Jullian semblait lire le contenu de la fameuse lettre que nous avions encore en mémoire. Sartre resta un instant silencieux, puis se décida à parler :

– Vous savez, il y a longtemps que j'ai fait mes preuves, quand je porte un manuscrit à mon éditeur, il ne me demande pas de faire un bout d'essai!

Il posa les mains sur ses cuisses, ponctuant ce geste d'une phrase sans réplique :

– Bien, il me semble que nous n'avons plus rien à nous dire, vous connaissez le chemin!

Ils disparurent dans le long couloir qui séparait le salon de la porte d'entrée. Personne ne les raccompagna ce jour-là!

Durant toutes les années que dura notre amitié, François fut mon interlocuteur privilégié, mon unique et total confident. Il me harcelait gentiment pour que je continue de prendre des notes : « Vous vivez une relation exceptionnelle, un jour vous la raconterez, vous devriez tenir un journal! »

Dans chacun de ses films il y avait un clin d'œil, une manière de dire : « Je travaille, mais vous êtes là. » Il m'écrivait régulièrement, attentif à mes joies, mes soucis, mes chagrins. Absent, il était toujours présent.

> « Fin du tournage fin mai. Ensuite je ne bouge plus et nous nous verrons, sans pression extérieure. Sachez bien que j'ai autant envie que vous de retrouver nos conversations libres et que j'ai mille questions à vous poser. »
>
> « Merci pour votre lettre et le chèque. Je ne vous ai pas donné de nouvelles because mise en scène + production + textes à apprendre par cœur, etc. De toute manière, je n'aurais pas laissé passer votre birthday, inscrit dans mon agenda. Si vous me devez encore 2 000 F, je vous prie de les accepter comme cadeau, vous savez mieux que moi ce dont vous avez besoin et envie. »
>
> « J'espère que votre petit mot si triste ne reflétait qu'un moment de votre voyage, qu'un épisode de vos vacances, mais je n'en suis pas sûr évidemment.
> « Appelez-moi dès votre retour et venez me raconter, en dînant à la maison *. »
>
> « Revenez vite, chère Liliane, vous nous manquez (le nous est là également pour Émilienne qui vous fera des petits plats).
> « P.S. : dans le doute de vos dates exactes, je vous envoie cette lettre à Paris. Call me back. »

J'aimais ses lettres. Nos conversations au téléphone duraient parfois des heures, nous riions beaucoup. Une seule, douloureuse, me hante. C'était à propos de l'article paru dans *Le Nouvel Observateur* signé Sartre et Benni Lévy. Il était furieux, hors de lui :

– Comment avez-vous pu laisser passer ça? C'est de la

* Souffrante, j'étais alors en convalescence.

merde! Ce ne sont pas les mots de Sartre, ça saute aux yeux! Ce ton de supériorité que Pierre Victor, enfin Benni Lévy, utilise, c'est intolérable! C'est très grave, Liliane, inacceptable! Ça va être traduit dans le monde entier! On en déduira que Sartre est fini, voilà ce qu'on retiendra. Je vous le disais que le danger était là, précisément. Dans l'état où se trouve Sartre, un jour bien, ou mal, le danger, oui oui, c'est la mainmise au moment opportun, si je puis dire, c'est de la manipulation! Je suis consterné, et ça risque de se renouveler! Qu'en pense-t-il? Qu'en pense-t-on chez vous? et Castor?

La violence des propos de François me paralysa. Je n'avais pas imaginé qu'il puisse entrer dans une telle colère, je me mis à pleurer.

– Ne pleurez pas, Liliane, je vous en prie! Ce n'est pas contre vous!...

Si seulement j'avais réussi à parler! Je n'ai plus eu l'occasion de raconter à François dans quelle situation je me trouvais alors. A ses yeux, pour la première fois, j'avais démérité.

Dans *La Cérémonie des adieux* publié en 1981, Simone de Beauvoir dit très clairement ce qu'elle en pensa :

> « [...] Cet entretien, signé de Sartre et de Benni Lévy – le vrai nom de Victor –, j'ai pu enfin en prendre connaissance environ huit jours avant la date prévue pour sa publication. J'en ai été consternée; il ne s'agissait pas du tout de cette " pensée plurielle " que Sartre évoquait dans *Obliques.* Victor n'exprimait directement aucune de ses opinions : il les faisait endosser à Sartre, jouant, au nom d'on ne sait quelle vérité révélée, le rôle de procureur. Son ton, la supériorité arrogante qu'il prenait sur Sartre, ont révolté tous les amis qui ont eu connaissance du texte avant sa parution. Et ils ont été comme moi atterrés par le contenu des aveux extorqués à Sartre. [...] Je n'ai pas caché à Sartre l'étendue de ma déception. Il en a été surpris : il s'attendait à quelques critiques, non à cette radicale opposition. Je lui ai

dit que toute l'équipe des *Temps Modernes* m'appuyait. Mais il n'en a mis que plus d'entêtement à faire paraître immédiatement l'entretien. Comment expliquer ce " détournement de vieillard ", selon le mot d'Olivier Todd (qui lui n'a pas reculé devant le détournement d'un mort)? »

Dans un portrait au scalpel extrait également de *La Cérémonie des adieux,* Simone de Beauvoir donnait un début d'explication à ce « détournement de vieillard » :

> « [...] Ex-dirigeant de la Gauche Prolétarienne, Victor avait gardé une mentalité de « petit chef » : il fallait que tout pliât devant lui. Il passait facilement d'une conviction à une autre, mais toujours avec le même entêtement. Dans l'intensité mal contrôlée de ses enthousiasmes, il puisait des certitudes qu'il n'acceptait pas de mettre en question. Cela donnait à ses discours une force que certains trouvaient entraînante; mais l'écriture exige une attitude critique qui lui était étrangère; il se sentait offensé si, devant un texte de lui, quelqu'un l'adoptait. Désormais, nous ne nous adressâmes plus la parole : chez Sartre, j'évitais de le rencontrer. C'était une situation déplaisante. Jusqu'alors, les vrais amis de Sartre avaient toujours été aussi les miens. Victor fut la seule exception [...] »

16

Après cette conversation avec François, je me remémorai ma relation avec Pierre Victor à ses débuts.

J'avais beaucoup entendu parler de lui. On le disait autoritaire, brusque, intraitable et très orgueilleux. J'avais, comme on le fait toujours, essayé d'imaginer un physique à partir de ces rumeurs. J'avais été surprise par un homme de taille moyenne déjà menacé par une calvitie naissante.

Son sourire m'avait frappé : un sourire chaleureux, séduisant, franc. Je devais découvrir plus tard que peu de gens y avaient droit. Par la suite, des militants me raconteraient combien il les traitait durement et donnait ses ordres sur un ton cassant, le regard menaçant. Je ne pouvais me résoudre à les croire. Avec moi, il était différent, prévenant, attentionné, il voulait me plaire : quand nous étions ensemble, j'étais du bon côté, du côté de Sartre.

Dans les années 70-72, lorsque Sartre avait accepté de soutenir la Gauche Prolétarienne, je rencontrais Pierre Victor rarement, toujours en présence de Sartre et dans la clandestinité; ce qui, à l'évidence, lui donnait un certain prestige à mes yeux.

J'étais alors toute à la joie de mon nouveau statut, flattée de participer à ces réunions « au sommet » au cours desquelles je fis la connaissance de Serge July, André Gluksmann, Jean-Claude Vernier et bien d'autres. Ce radical changement dans ma vie m'aveuglait. Pierre Victor était volubile, j'en avais conclu que c'était le reflet d'une intelligence hors du commun. Il « osait » s'affronter à Sartre avec fermeté, entêtement, j'étais ébahie, j'en avais rêvé si souvent!

Sartre s'amusait de ce qu'il nommait « mes débordements » et concluait : « Il n'est pas sot, c'est un fait! »

Nous nous réunissions dans un appartement prêté par une copine, et en changions à chaque fois. Ces rendez-vous étaient tenus secrets. Les maos, triés sur le volet, conviés à ces réunions en étaient informés au tout dernier moment.

Sartre trouvait ça excessif et grotesque : « Ils se prennent pour des résistants! »

Lors d'une de ces réunions à laquelle Pierre Victor arriva en retard, Sartre le malmena et lui dit :

– Si tu avais été un résistant pendant la guerre, tu aurais raté ton rendez-vous et ça t'aurait été fatal, c'est ce qui fait la différence entre un vrai résistant et toi.

Je fus stupéfaite de la réaction de Pierre Victor, son visage devint blême, son regard se durcit, son sourire se transforma en un rictus d'une telle dureté qu'il me fit peur. Il m'apparut clairement ce jour-là qu'il lui fallait toujours avoir raison, qu'il ne supportait pas la moindre remarque, la ressentant comme un affront.

Pourquoi n'en ai-je pas tiré alors les conclusions qui s'imposaient?

17

De 1970 à 1973, Sartre fut happé dans un tourbillon d'activités qu'il trouvait parfois inefficaces et ennuyeuses. D'autres fois, en particulier lorsqu'on le consultait avant, et qu'il les jugeait judicieuses et nécessaires, il y participait volontiers. Ce fut le cas lorsqu'il accepta de prendre part, au sein du Secours rouge, à un « tribunal populaire » le 12 décembre 1970 à Lens.

> « J'ai raconté ce procès dans *Tout compte fait* mais, comme Sartre y a attaché beaucoup d'importance, je veux y revenir ici. En février 1970, seize mineurs furent tués et plusieurs autres blessés par un coup de grisou à Hénin-Liétard. La responsabilité des Houillères étant évidente, quelques jeunes gens, non identifiés, jetèrent par représailles des cocktails Molotov dans les bureaux de la direction, provoquant un incendie. La police arrêta sans l'ombre d'une preuve quatre maoïstes et deux repris de justice. Leur procès devait avoir lieu le lundi 14 décembre et le Secours rouge convoqua le samedi 12, à Lens, un tribunal populaire.
>
> « Pour préparer cette séance, Sartre alla le 2 décembre, accompagné de Liliane Siegel, enquêter chez les mineurs *. »

* *La Cérémonie des adieux*, Simone de Beauvoir.

On proposa donc à Sartre de se rendre à Bruay où il pourrait à sa guise enquêter chez les mineurs. Il m'offrit de l'accompagner : toute occasion pour moi d'être avec lui étant une aubaine, je passai outre ma phobie du train.

Durant tout le voyage, Sartre n'avait pas levé le nez de son roman policier.

Un jeune homme sympathique nous attendait à la gare avec une auto. Il nous déposa chez une famille de mineurs dont les maos nous avaient longuement parlé.

L'homme avait une stature très imposante, ancien mineur, ancien résistant, il était jovial. Son épouse semblait minuscule à ses côtés. Elle était souriante, effacée et s'affairait dans la pièce où nous étions tous assis autour d'une table recouverte d'une toile cirée. De temps à autre, elle disparaissait dans la pièce attenante que j'imaginais être la cuisine à cause des odeurs qui s'en échappaient à chaque fois qu'elle ouvrait la porte. La pièce était meublée modestement, le lieu était propret.

L'homme racontait à Sartre sa vie de mineur. Sartre buvait, morose, un vin ordinaire, posait des questions à l'homme. Je goûtai du bout des lèvres le vin qui m'était offert et regrettai de ne pas avoir eu l'idée d'apporter quelques bonnes bouteilles. La morosité de Sartre, j'en étais persuadée, était due à la perspective de passer une soirée entière avec ce vin pour seul breuvage. Un autre homme, très bavard, arriva, puis une ou deux jeunes femmes se joignirent à la maîtresse de maison pour mettre le couvert. On nous indiqua que le dîner était prêt. Une forte odeur d'huile chauffée nous assaillit. La femme posa au centre de la table un plat contenant du lapin.

Le lapin faisait partie de la névrose alimentaire de Sartre; j'eus un mouvement de recul, Sartre ne laissa rien paraître. Les bouteilles de vin défilaient. Sartre avala le contenu de son assiette poliment. Il respirait péniblement puis fut secoué d'une terrible quinte de toux, je pris peur. Sa respiration devint bruyante, courte. Tout s'était arrêté. La femme dit :

– Vous êtes souffrant? Vous voulez vous allonger?

Je répondis avant lui, je le connaissais trop, il aurait répondu : « Non merci, ça va aller. »

On nous indiqua une chambre au premier étage, où Sartre eut du mal à monter. Je l'aidai à s'installer à demi assis sur le lit.

– Je vais appeler un médecin, tu fais une crise d'asthme.

– Laisse, petite, on a assez troublé ces gens, donne-moi deux Nymbutal, ça va aller..., articula-t-il avec difficulté.

J'ouvris grand la fenêtre malgré le froid et je restai assise à ses côtés, il s'endormit. Je l'abandonnai à regret, il était tard, le jeune homme à l'auto m'attendait pour m'emmener coucher à quelques kilomètres de là.

Le lendemain matin, je retrouvai Sartre devant un bol de café fumant, il m'assura qu'il allait tout à fait bien. L'homme volubile se joignit à nous ainsi que le jeune homme à l'auto. Il y avait une photographe. On nous emmena visiter les corons, l'entrée d'une mine désaffectée, on nous commenta les terrils, puis la photographe nous pria, Sartre et moi, de nous coller le visage contre une porte à grosses barres de fer et de les empoigner fermement. Nous faisions du tourisme militant! Le jeune homme nous ramena chez nos hôtes que Sartre remercia chaleureusement et tenta de rassurer sur l'incident de la veille :

– Ne vous inquiétez pas, ça m'arrive quelquefois quand je mange des frites!

Nous remontâmes dans l'auto que conduisait le jeune homme qui nous confia que nous avions un rendez-vous à Douai, chez Eugénie Camphin *. Sartre fut surpris, on ne l'avait pas consulté. Le trajet fut un peu long, le paysage était sinistre, il y avait du brouillard.

Sartre connaissait la dame. Elle avait un beau et bon visage, adouci par une superbe chevelure blanche qu'elle retenait en un sobre chignon. Elle était ravie de le recevoir, il la salua très chaleureusement. Ils causèrent du Secours rouge dont elle était membre fondatrice, tout comme Sartre. La sonnette de

* Mère et épouse de mineurs résistants fusillés par les Allemands.

la porte retentit. Elle se leva puis revint aussitôt suivie de Serge July dont nous étions sans nouvelles depuis plusieurs semaines.

– C'était donc ça le secret! s'écria Sartre qui enfin s'amusait.

July expliqua à Sartre qu'il était passé dans la clandestinité, qu'il était dans les parages, ils causèrent longtemps. Le jeune homme à l'auto nous amena à la gare. Dans le train, Sartre me lança, furieux :

– Entre un triomphaliste et un faux résistant, nous voilà bien lotis, pauvre petite! Je me demande vraiment ce que je suis venu foutre ici!

Il se plongea de nouveau dans un roman policier et ne dit plus un mot. Sur le quai de la gare, je tentai d'en savoir un peu plus :

– Pourquoi July est-il un triomphaliste?

– Je t'expliquerai, viens, on va boire un verre.

Je n'ai jamais su pour quelles raisons Sartre avait gratifié July de ce surnom, mais c'est ainsi qu'il aimait le nommer.

18

De temps à autre, un mao interrompait notre petit déjeuner, apportant un message qui de fait était un rendez-vous auquel Sartre devait impérativement se rendre.

Pierre Victor connaissait l'emploi du temps de Sartre et sa générosité; il lui était donc facile de l'« utiliser » sans qu'il pût mettre en avant son travail. Les faits invoqués pour inciter Sartre à se mobiliser étaient toujours imprécis, exagérés. Mais cela, nous l'avons découvert bien plus tard.

Ainsi le 13 février 1971, « on » embarqua Sartre dans un guet-apens qui aurait pu lui coûter la vie.

Un militant de Vive La Révolution, Richard Deshayes, avait été défiguré par une grenade lacrymogène au cours d'une manifestation. La Gauche Prolétarienne organisa l'occupation de la basilique du Sacré-Cœur pour faire un « coup » qui permettrait d'alerter l'opinion publique, nous garantissant le consentement de Mgr Charles. Les maos insistèrent auprès de Sartre : « Si tu es là, la presse viendra. »

En entrant dans l'église avec Sartre, je fus très étonnée de n'y trouver que quelques fidèles plutôt âgés qui, visiblement, priaient. Sartre n'y comprenait rien et demanda à un mao qui nous accompagnait :

– Où sont les manifestants « pacifiques », je croyais qu'il devait y avoir foule?

– Ils vont arriver par petits groupes de manière à ne pas se faire repérer.

– Mais l'idée était d'alerter l'opinion!

Sartre se pencha vers moi et murmura :

– Je me suis encore fait avoir, c'est un truc à la con!

Peu à peu, l'église se remplit de jeunes gens. Un prêtre se présenta devant Sartre qui lui fit part de son désir de parler à Mgr Charles. Après avoir poliment dit à Sartre qu'il allait transmettre sa requête, le prêtre disparut.

Le temps me paraissait long. Un mao vint nous annoncer que toutes les issues étaient fermées, à l'exception d'une. Je commençais à m'affoler. Subitement, l'église fut envahie par des CRS. Ils frappaient violemment indistinctement sur tout le monde. Je me sentis soulevée de terre et traînée vers un coin de l'église près de la seule porte qui était restée ouverte. Je cherchais désespérément Sartre, il était plaqué contre un mur, à côté de moi, protégé par deux maos. Dans l'église le spectacle était abominable, les gens hurlaient, les CRS cognaient. Je ne me souviens plus comment nous nous sommes retrouvés dans un café des environs, j'étais terrorisée.

Un mao nous y rejoignit, il nous raconta qu'il avait assisté à un véritable massacre, nous assura qu'il y avait des morts. Il avait vu, de ses yeux vu, des CRS empaler des manifestants sur les barrières en fer qui entouraient le Sacré-Cœur. Nous étions horrifiés.

Le lendemain matin, les journaux, selon leurs « couleurs », relataient tendancieusement l'occupation de la basilique, mais tous étaient d'accord sur un point : il y avait eu un blessé, mais pas de morts.

Le 15 février, Sartre, en compagnie de Jean-Luc Godard, donna une conférence de presse sur cette affaire qui fit grand bruit. Trois jours plus tard, Sartre se retira du comité directeur du Secours rouge.

Il m'expliqua qu'il continuerait à participer à certaines des manifestations organisées par le Secours rouge, mais qu'il refusait d'endosser la responsabilité d'actions stupides organisées par les maos qui avaient, de fait, envahi insidieusement le Secours rouge. « De plus, je n'aime pas qu'on me prenne pour un con! »

19

Tant de faits ont été racontés, enjolivés pour plaire à certains, déformés pour en arranger d'autres. Tant de gens se sont approprié Sartre tel un ancien ami, qui l'avaient vu deux ou trois fois. Les morts ne sont plus là pour rétablir la vérité, on cause, on cause!

En 1968 nous étions, mon fils et moi, dans un comité d'action du 14ᵉ arrondissement. La réunion avait lieu dans un café. Le tenancier nous regardait d'un sale œil : nous étions une vingtaine à occuper l'endroit de vingt heures à deux heures du matin et consommions peu. Personne ne connaissait notre relation à Sartre. Un jeune homme prit la parole et suggéra, il avait l'air bien informé :

– Demandons à Sartre un appartement, je sais qu'il en possède au moins cinq dans l'immeuble de la gare *.

Devant l'enthousiasme général, mon fils lui rétorqua :

– Tu tiens ça d'où, toi, tu portes ses costumes à nettoyer?

– A ce pédé! lui lança le jeune homme.

– T'as eu l'honneur de te faire mettre par lui, pauvre con...

– Moi?

– Toi non, on connaît ça, mais le cousin du cousin de ton oncle. Ne répète jamais ça devant moi ou je t'accroche aux rideaux!

* Il s'agit de la nouvelle gare Montparnasse.

Plus sérieusement, j'ai lu dans une chronologie qui sert de référence * :

> « Mars 1972, Sartre approuve l'enlèvement de Nogrette par le groupe maoïste clandestin La Nouvelle Résistance Populaire. »

Sartre n'a pas approuvé l'enlèvement. Nous l'avons appris ensemble en lisant les journaux le jour même. J'étais avec lui également lorsqu'un mao, quarante-huit heures après, est arrivé piteux chez Sartre et lui a demandé :

– Qu'est-ce qu'on peut faire, d'après toi?

– Il fallait me le demander avant!

Dans cette même chronologie, on lit :

> « 6 au 13 avril [1975]. Séjour au Portugal en compagnie de Simone de Beauvoir et de Pierre Victor. Prévue initialement comme un voyage privé, la visite de Sartre au Portugal prend le caractère d'un séjour d'information politique [...] *. »

En réalité, ce séjour au Portugal en compagnie de Simone de Beauvoir, Sylvie Le Bon de Beauvoir ** et Pierre Victor avait été minutieusement préparé. Pierre Victor n'était pas intime avec Sartre et Simone de Beauvoir au point de les accompagner lors d'un de leurs voyages d'agrément. Sa présence à elle seule atteste du caractère politique de ce voyage auquel Serge July a également participé.

Toujours dans le même ouvrage, on peut lire :

> « Octobre [1973]: au cours de l'automne, Pierre Victor, principal dirigeant de l'ex-Gauche Prolétarienne (qui s'est autodissoute à son initiative), devient collaborateur permanent de Sartre [...] et Victor fait la

* Chronologie établie par Michel Contat et Michel Rybalka, *in Œuvres romanesques,* Tome I, de Sartre, La Pléiade, Gallimard.

** Fille adoptive de Simone de Beauvoir.

lecture à Sartre des ouvrages dont il ne peut plus prendre connaissance par lui-même. »

Et plus loin :

> « [...] Depuis l'automne 1975, ils travaillent ensemble trois heures par jour à leur projet sur Pouvoir et Liberté. »

Qu'en termes déformés et généreux ces faits sont présentés! Un mardi de la fin du mois de mai 1973, Arlette, avec qui je m'étais liée, mon fils et moi avions accompagné Sartre consulter un spécialiste de la vue. Par discrétion, Gérald et moi les attendions dans la rue. Il faisait un temps splendide. J'étais très angoissée, sans illusions.

Quelques semaines auparavant, Sartre, comme à son habitude, admirait la lumière, le bleu du ciel, me prenant à témoin :

> « Tu vois cet énorme éclair, petite, comme c'est curieux dans un ciel bleu sans nuage! Eh bien, tu ne trouves rien à dire? Reconnais que c'est curieux tout de même!
> – A dire vrai, je ne l'ai pas vu!
> – Moi je l'ai vu, j'en suis tout à fait sûr. »

Rentrée chez moi, je m'étais précipitée sur le téléphone, j'avais appelé une amie ophtalmologiste :

> « Je crains que Sartre ne soit en plein délire, il est certain d'avoir vu un éclair en plein après-midi, il n'y avait pas le moindre nuage...
> – Il ne délirait pas, Liliane, il a probablement fait un...
> – Ça signifie quoi, ton mot barbare? C'est grave?
> – Ça peut l'être.

– Ne me dis pas des choses pareilles, il n'y voit que d'un œil! »

– Tiens, les voilà, me dit Gérald.

– Les nouvelles ne sont pas bien bonnes, pauvre petite, il semblerait que ce soit irréversible.

Tel fut le commentaire de Sartre. Rien de pire ne pouvait lui arriver, néanmoins il insista pour que nous allions dîner tous les quatre au restaurant.

Sartre savait que sa vie allait basculer. Je sais, il me l'a confié plus tard, qu'il envisageait les changements que sa demi-cécité allait entraîner et la dépendance qui en découlerait. Il n'en laissa rien paraître. Quelle leçon il nous donna ce soir-là!

A la fin du mois de septembre, lorsqu'il rentra de Rome, il m'accueillit d'un air grave. Ce n'était pas dans ses habitudes, je pris peur.

– Assieds-toi, petite, j'ai à te parler sérieusement. Ne crains rien, ça n'est pas contre toi, au contraire. Je vais te charger d'une mission, tu dois la mener rondement. Ma vue a baissé, je n'y vois plus pour lire... Ne m'interromps pas et tiens-toi. Écrire, sans pouvoir me relire, il n'y faut pas songer. Le bon Castor n'est plus assez jeune pour me faire la lecture tous les matins, ce serait trop contraignant et fatigant pour elle. Je n'entrevois qu'une solution, ça me plaît bien d'ailleurs : Pierre. Je m'entends bien avec lui, il est vif, intelligent. Il faudrait qu'il vienne le lundi, le mercredi et le vendredi de onze à treize heures Je lui donnerai du sou, ça arrangera ses affaires. Castor travaillera avec moi deux matins par semaine et Arlette à son tour quand elle dort ici. Le dimanche je ferai de la musique en t'attendant (c'était sa manière de dire qu'il écoutait France-Musique).

« Tiens-toi », avait dit Sartre. Je savais parfaitement que cela signifiait : pas de sensiblerie inutile, les faits sont là, il faut trouver une solution, c'est tout. Je ne pus retenir mes larmes.

– Eh bien, petite, tu m'écoutes? Pierre t'aime bien, tu as de bons rapports avec lui, parle-lui, tu dois le convaincre.

– Pourquoi ne pas le lui demander toi-même?

J'avais posé cette question stupide afin de me laisser le temps de me ressaisir. En effet, je venais de découvrir que Sartre n'avait pas remarqué que je pleurais, il n'avait pas vu mes larmes. Il m'avait dit si souvent :

« Ne pleure pas, petite, pas comme ça! »

Désormais, je pourrais pleurer en silence. J'étais effondrée, mais ajoutai aussitôt :

– Il y a des moments où je me dis que tu as perdu ton temps avec moi! Bien sûr que je vais lui parler et je suis certaine qu'il n'hésitera pas une seconde.

– Nous verrons bien, en tout cas fais-le vite et tiens-moi aussitôt au courant.

Je rentrai chez moi, téléphonai à Pierre et lui demandai de passer me voir le lendemain, j'avais à lui parler de Sartre d'urgence. Il était inquiet, désirait en savoir davantage. Je résistai et le rassurai en lui mentant du mieux que je pus :

– Non, non, Sartre va bien, je t'expliquerai demain.

Le lendemain, Pierre arriva, le visage soucieux. Je l'invitai à s'asseoir. J'avais, comme on le fait souvent, préparé la manière dont j'allais m'y prendre pour le convaincre. Rien ne se déroula comme je l'avais prévu. J'étais paralysée. Le mot, ce mot qui allait subitement faire basculer Sartre dans la dépendance, je n'arrivais pas à le formuler. Pierre s'impatientait, il tapotait une cigarette nerveusement.

– Pierre, Sartre est presque aveugle. Il ne peut plus lire et affirme qu'il n'écrira plus...

Pierre ôta ses lunettes, il avait les larmes aux yeux. J'étais très émue.

– Tu dois consacrer trois matinées par semaine de onze à treize heures pour lui faire la lecture, l'aider à travailler, il te paiera bien sûr...

Pierre baissa la tête, resta longtemps silencieux, puis déclara sèchement :

– J'ai des choses à faire, je vais réfléchir, tu me prends au dépourvu.

J'étais stupéfaite, hors de moi.

– Comment oses-tu me dire que tu as des choses à faire?! Vous l'avez pressé comme un citron depuis trois ans, tu peux bien lui consacrer quelques heures par semaine!...

– J'ai des choses à faire.

– Pierre, tu m'obliges à faire une chose que je n'ai jamais faite et crois bien que ça me coûte. Je vais trahir Sartre. C'est lui qui m'a demandé de te convaincre!

Après quelques minutes de silence, Pierre s'obstina à répéter qu'il allait réfléchir.

– Tu dois dire oui. Sartre attend ta réponse, après tout on ne te demande pas l'aumône, tu connais sa générosité, ça résoudra tes problèmes d'argent; à ta place, je serais honorée d'être sollicitée par Sartre...

– Je me sens piégé, je dois réfléchir.

– Dommage pour toi que tu le sentes ainsi, je vais l'appeler et lui dire que tu es d'accord, il attend, tu comprends!

Pierre se leva, l'air buté, il empoigna son cartable et répéta :

– N'empêche que j'ai des choses à faire.

Dès qu'il fut parti, je téléphonai à Sartre qui par bonheur n'était pas seul. Ainsi je pus lui dire que Pierre avait accepté sans qu'il m'oblige à lui raconter dans le détail notre conversation.

Le lendemain matin, Arlette me téléphona. Elle hurlait :

– De quoi vous mêlez-vous, pourquoi avoir convaincu Pierre Victor de travailler avec Sartre? Vous ne connaissez pas Sartre, moi je le connais depuis quatorze ans, je sais ce qui est bon pour lui!

Elle raccrocha brutalement.

Je n'avais pas eu la moindre opportunité de placer un mot, j'étais folle de rage. J'étais humiliée pour Sartre d'avoir dû supplier Pierre Victor, je n'allais pas en plus subir les humeurs injustifiées d'Arlette.

J'étais partagée entre l'envie d'appeler Arlette pour lui dire : « Moi, je le connais depuis treize ans », et le désir de protéger Sartre. Je décidai d'attendre le lendemain.

Dans un état de colère indescriptible, j'arrivai chez Sartre en retard, afin d'éviter Arlette. Sartre, informé, m'accueillit, irrité.

– Je suis au courant. Laisse, petite, tous ces gens qui se mêlent de ce qui ne les regarde pas, tu sais très bien que tous les gens qui ne viennent pas d'elle sont des chiens.

– Ça n'est tout de même pas de moi que tu parles, tu sais, j'ai fait un gros effort, si ça n'avait pas été pour toi...

– Oublions ça, petite. Dis-moi plutôt comment ça s'est vraiment passé avec Pierre?

J'hésitais. Devais-je lui raconter? Comment allait-il le vivre? Sartre nota mon hésitation.

– Dis-moi la vérité, petite.

– Il s'est fait tirer un peu l'oreille. A dire vrai, pour le convaincre, je t'ai trahi. Je lui ai dit que la demande venait de toi. Ça a été pénible, tu sais. Je n'ai pas été tendre avec lui, je n'ai pas mâché mes mots. Je lui ai rappelé qu'ils t'avaient tous pressé comme un citron...

Sartre rit franchement.

– Je me doutais que ça ne serait pas facile. Je ne me sens pas trahi, c'est l'essentiel! Il a des réticences, mais tu verras, il y prendra vite goût!

– Merde, je suis sûre qu'il existe des millions de gens qui paieraient pour être avec toi!

Sartre me coupa :

– Oui, seulement moi, je ne veux pas travailler avec n'importe qui!

Sartre mit sa main sur mon avant-bras, comme il le faisait toujours pour m'apaiser ou me convaincre.

– Tout s'arrangera, tu verras, même avec Arlette!

– Je me fous d'Arlette! Je ne veux plus la voir! Si je la croise, je traverse la rue! Tu crois que je vais oublier sur quel ton elle m'a parlé? J'espère qu'un jour elle saura que cette demande venait de toi, et de toi seul!

– Je le lui dirai sûrement.

– Sûrement, ça veut dire quoi?

– Sûrement, ça veut dire que je lui dirai sûrement.

– Pourquoi tu ne dis pas : Je lui dirai, tu peux en être sûre?

– Parce que ça veut dire la même chose.

– C'est toi qui le dis...

Je savais que je n'arriverais pas à le faire changer d'avis et lui proposai de ranger les livres.

– N'oublie pas que les Pléiade sont classées par ordre alphabétique. Tu es une bonne petite, le sais-tu?

Cette phrase me tourmente encore aujourd'hui : comment n'ai-je pas compris qu'il découvrait en la formulant que cette complicité à laquelle nous tenions tant venait de prendre fin? Je le regardai, j'étais bouleversée, mais réussis à articuler :

– Sois gentil, mets de la musique, j'ai besoin de bouger pour me calmer un peu.

J'élaborais des plans en essuyant les livres : on trouverait un moyen, en Hollande on m'a parlé d'un spécialiste, il fait des miracles sans anesthésie.

– Tiens, tu as une nouvelle Pléiade?

Sartre ne répondit pas, il s'était assoupi. La sonnerie du téléphone le sortit brutalement de son sommeil.

– Allô (sa voix était éteinte), je vais fort bien, mon bon Castor. Oui, je suis avec Liliane, bien sûr que je vous attends à vingt heures trente (il avait retrouvé sa belle voix), moi aussi je vous salue bien.

» Castor est inquiète, ce coup de téléphone n'a pas de sens! J'ai dormi longtemps, petite? Quelle heure est-il? Je n'y vois rien sur cette montre...

– Je t'en achèterai une autre, j'ai moi-même du mal à lire l'heure sur la tienne, il n'y a aucun contraste entre le fond du cadran et les aiguilles.

Les trois petits coups de sonnette coutumiers interrompirent notre laborieuse conversation.

J'allai ouvrir. Les yeux de Castor m'interrogeaient, inquiets, puis s'adressant à Sartre :

– Avez-vous passé une bonne journée? Ah, je vois, vous avez rangé la table!

Je pris mon blouson et mon sac et les quittai sans m'attarder.

Je n'ai plus reparlé à Sartre de ma colère contre Arlette. Mais, le mardi, j'arrivais toujours de manière à l'éviter. Quelques mois plus tard il me dit :

– Arlette n'est plus fâchée contre toi. Elle trouve que Pierre fait du bon travail. Elle a l'intention de te saluer et veut savoir si tu lui répondras. Allez, petite, puisque c'est elle qui le demande, c'est sa manière de s'excuser, elle reconnaît qu'elle a eu tort.

– Je sais que je vais te dire oui, mais c'est pour toi que je le fais...

Ma rancune était intacte, mais Sartre était diminué, dépendant; mon affection l'emporta. J'avais horreur de l'injustice. Je n'allais donc pas compliquer la vie de Sartre à cause d'Arlette, bien qu'elle m'eût malmenée sans raison.

Et je saisissais, enfin, ce que Sartre avait tenté de me faire comprendre durant tant et tant d'années :

> « TOI et ton AMUUUUUR!
> « Pour aimer, il faut savoir s'oublier, ne pas se préférer. »

Le ton était cassant, puis devenait moqueur.

> « Qu'en dis-tu, petite? »

20

Sartre avait envisagé l'éventualité d'une relation entre Arlette et moi-même, bien avant de m'introduire officiellement dans sa vie. « Une fois la chose faite et admise par Arlette, je suis persuadé que vous serez amies. Vous avez des affinités, elle est méfiante, certes, mais si tu tiens ta langue, ce sera bien pour vous deux. Vous habitez l'une près de l'autre, vous pourrez aller au cinéma ensemble et faire des tas d'autres choses, sur certains points vous êtes semblables. Après tout, c'est moi qui vous ai faites toutes les deux! »

Je ne demandais pas mieux, j'imagine qu'il œuvra habilement de son côté avec Arlette.

Sa relation à Sartre n'est pas mon propos. Mais nos vies ont été étroitement liées à celle de Sartre, chacune de son côté. La mienne fut racontée par Sartre à Arlette avec tous les mensonges qui s'imposaient, celle d'Arlette me fut offerte par Sartre sans omission, avec toutes les recommandations nécessaires : il ne fallait pas nous trahir.

Ce que je redoutais le plus dans mes conversations avec Arlette, c'étaient les mots : en effet, Sartre et Castor avaient des mots bien à eux. Sans y prendre garde, avec le temps, je me les étais appropriés. Lorsque je quittais Arlette, en rentrant chez moi, je me remémorais la conversation; j'étais affolée, sûre d'avoir laissé échapper « le journaleux » ou « la piqueuse », ou bien encore « du sou », « des souliers », « une auto ». Peut-être même trop souvent : « c'est plaisant », ou « charmant », et, qui sait, tout ça dans la même soirée!

J'en informais Sartre le lendemain qui s'en amusait. Je protestais :

– Tu joues avec le feu, ça t'amuse, je t'assure que je ne trouve pas ça drôle du tout!

– Peut-être bien, mais n'oublie jamais que c'est toi la dynamite!

La première fois qu'Arlette vint me rendre visite, j'ôtai toutes les photos de Sartre et Castor, mais mon cœur s'affola lorsque je la vis regarder mes livres : j'avais oublié les dédicaces! Je ne saurai jamais comment je réussis à contenir une envie pressante : les W.-C. étaient dans le couloir, je n'allais pas la laisser seule. A sa place, je n'aurais pu résister, j'aurais ouvert un livre. Arlette était-elle à ce point discrète ou préférait-elle ne pas savoir? Tous les livres de Sartre étaient alignés à portée de main côtoyant tous ceux du Castor. Je fus soulagée de l'entendre me dire, quelques instants plus tard, qu'elle ne pouvait pas rester davantage.

Sartre avait été surpris, mais content. Il avait approuvé qu'Arlette vînt chez moi.

– Elle t'a à la bonne, elle se déplace rarement!

– Peut-être, mais moi j'arrête tout, je vais attraper une maladie de cœur.

– Ne fais surtout pas ça, elle ne comprendrait pas!

Il partit d'un grand éclat de rire.

Aujourd'hui, en y repensant, je suis sûre de m'être trahie plus d'une fois. Néanmoins, bien que notre relation reposât sur tant de cachotteries, un fait est certain : de vrais liens ont existé pendant plusieurs années entre Arlette et moi. Nos tempéraments n'étaient pas faits pour s'accorder, mais je pense que c'est notre attachement à Sartre qui nous a tenues liées tout ce temps.

Les mensonges dus à mes dix années de clandestinité m'étaient imposés contre mon gré, par Sartre et pour son bien, prétendait-il, mais j'ai été sincère envers elle, sauf lorsqu'elle me donnait son opinion sur Castor. Dans ce cas, j'étais sournoise. Je répugnais à l'être, mais Sartre m'y encourageait : « Laisse, petite, tu ne la feras pas changer d'avis. Tu vas te la mettre à dos, ça n'est pas le moment, n'oublie pas que vous devez partir en vacances ensemble. »

Habilement suggérées par Sartre, ces vacances furent pour moi une épreuve épouvantable.

Nous étions près de Nîmes, dans la maison d'Arlette. Sartre téléphonait régulièrement, le plus souvent au moment où nous étions sur la terrasse. Le téléphone était dans la pièce attenante. Elle répondait lorsqu'il sonnait, elle était chez elle, c'était bien naturel. J'entendais ce qu'elle lui disait et reconstituais aisément le dialogue. Je commençais par me raidir. A chaque éclat de rire je me sentais rapetisser, jusqu'au moment où, inexorablement, s'achevait la conversation par : « Je n'y manquerai pas, salut, à bientôt. »

Arlette revenait sur la terrasse. « Sartre vous salue bien. »

J'aurais voulu disparaître.

Un matin, le facteur apporta une lettre. J'étais sur la terrasse, Arlette m'y rejoignit, la lettre à la main, et s'assit. Je reconnus aussitôt l'écriture de Sartre. Je regardais Arlette lire la lettre, protégée par mes lunettes de soleil. Depuis plusieurs jours j'essayais de me durcir face aux coups de téléphone qui, je le ressentais très nettement, me replongeaient irrésistiblement dans mes anciennes certitudes : « Personne ne m'aime vraiment, on me trahit toujours. »

On ne lâche pas si facilement l'idée que l'on s'est faite de sa petite enfance. J'étais irritable, « rancuneuse ». Tout me semblait laid, « immangeable ». Le ciel était trop bleu, les nuits trop longues; j'avais la nausée.

Je n'avais pas songé un instant à me protéger contre ce coup : la lettre, et sombrais douloureusement. Je me sentais larguée, trahie. Je savais que j'étais piégée, mais je me trouvais lâche.

Arlette acheva la lecture de sa lettre puis, soudain, partit d'un grand éclat de rire, s'arrêta, me regarda et dit :

– Sartre m'écrit : « Écris-moi, tu le dois, ça ne te coûtera qu'un timbre. » Il vous salue bien.

J'étais hors de moi, mais ne pouvais rien dire. Cette fois-ci, il verrait si j'étais incapable de me mettre en colère!

Je prétextai vaguement une course à faire et partis au village voisin téléphoner à Sartre.

Au standard de son hôtel, on filtrait les communications :

– Mme Siegel au téléphone.

L'homme faisait bien son travail. Sartre savait donc qui le demandait. Lorsque j'entendis sa voix, je fus incapable d'émettre un son.

– Allô, petite? Je suis content que tu m'appelles, j'ai fait une belle connerie, j'en parlais justement au Castor, pauvre petite, allô?

Je sanglotais.

> « [...] Ils ont tourné leur violence contre eux-mêmes et se ravagent : réduits par leurs pères à l'impuissance *... »

– Allô, petite, dis quelque chose!

– Quand je pense que c'est toi qui as écrit ça!

– Mais de quoi parles-tu, que dis-tu?

– C'est insupportable, voilà ce que j'ai à te dire, qu'est-ce que je peux faire d'autre que de me ravager?

– Rien, tu ne fais rien. Laisse tout en l'état. Tu n'as plus que deux jours à tenir. Reprends-toi, je t'écris à l'instant, tu trouveras la lettre en rentrant, je la posterai en exprès et je te téléphonerai, c'est promis.

A Paris, une lettre de Sartre m'attendait :

> « Tu aurais pu m'écrire, mais tu m'as rendu les coups pour les coups. J'espère que quand tu rentreras tu trouveras cette lettre et me répondras. Attention, toutefois, la poste italienne met longtemps... Il paraît que Truffaut t'a écrit une lettre immense (dit

* Préface à *Aden-Arabie* de Paul Nizan par Jean-Paul Sartre.

Gérald)... Et toi, as-tu les convocations qui te concernent *?

« Écris-moi sans rancune et je recommencerai – c'est promis.

« Tu peux m'appeler ici, le matin, ce serait bien. Mais n'oublie pas qu'il y a une heure de décalage entre Paris et Rome.

« Je me porte bien, mets ma casquette, ai pris 6 *kilos* (à perdre en deux mois).

« Castor et Sylvie te font leurs bonnes amitiés et moi je t'embrasse.

J.-P.S. »

* Codirectrice de *La Cause du peuple,* j'avais été inculpée de diffamation envers Raymond Marcellin, alors ministre de l'Intérieur.

21

La santé de Sartre devenait préoccupante. Face à cette menace qui pesait sur lui, ma rancune s'estompait. Il avait beaucoup grossi, je connaissais les risques qu'il encourait. Sartre avait une propension à l'hypertension artérielle et au prédiabète. Il avait déjà subi plusieurs alertes, mais il avait une volonté hors du commun : il décida qu'il ne mangerait plus qu'une fois par jour, et il s'y tint. Il s'entêta et décréta qu'il s'alimenterait d'un steak au poivre-haricots verts, jusqu'à ce qu'il ait obtenu le résultat qu'il escomptait : perdre les six kilos qu'il avait pris à Rome. J'eus beau le mettre en garde : « Tu vas t'esquinter l'estomac avec toute cette viande et ce poivre! » Il ne voulut rien entendre. Il perdit six kilos en cinq semaines, il en était tout fier.

Chaque semaine, il m'annonçait, tout joyeux : « J'ai perdu un kilo deux cents, Michelle m'a pesé! »

Il avait librement décidé de réduire son alimentation, il ne vivait pas cette restriction comme un sacrifice dans la mesure où il avait obtenu un résultat concret immédiat. A l'inverse pour le tabac, les médecins ne mâchaient pas leurs mots et présageaient le pire :

– Si vous ne cessez pas de fumer, vous risquez l'ablation des jambes...

Castor et moi étions présentes. Nous l'avions accompagné. Le professeur X qui venait d'examiner Sartre dans l'autre pièce s'était montré plutôt satisfait de son état général.

Un silence interminable s'était installé. Castor s'était affaissée, je n'entendais que les battements de mon cœur qui frappait dans ma poitrine. Qu'allait dire Sartre? Cette question me torturait. Il se leva, demanda poliment combien il devait et dit :

– Merci beaucoup, professeur.

Puis il ajouta, cassant :

– Eh bien, vous autres, allez-vous venir?

Nous étions restées assises.

J'avais garé l'auto tout près dans la cour de l'hôpital. Nous avons marché en silence. Dès qu'il fut installé à l'arrière de l'auto, il lança sur un ton violent :

– Surtout ne m'emmerdez pas avec vos conseils, je prendrai ma décision seul.

– Ça veut dire que vous allez continuer de fumer! lui dit Castor.

– Oui, pour le moment je dois y réfléchir. Après je prendrai une décision, mais je ne veux plus en parler.

Bien avant, à plusieurs reprises, Sartre avait modéré sa consommation de cigarettes. Il avait renoncé depuis longtemps aux pipes, aux cigares qu'il appréciait particulièrement, mais il s'était remis à fumer beaucoup par la suite.

Il cessa de fumer par générosité; il m'avait dit un matin au petit déjeuner : « Je vais cesser de fumer, petite, ça sera un poids en moins pour le Castor et tous ceux qui tiennent à moi. Tu peux fumer, je veux que chacun garde ses habitudes, mais tu sais, je ne suis pas convaincu. D'ailleurs je me fous de mes jambes, c'est ma tête qui m'importe! »

Je revois ses mains palpant ses poches ou le dessus de la table basse qui était près de son fauteuil, à la recherche de son paquet de Boyard. Ces gestes, si familiers, qui à chaque fois le ramenaient à la triste réalité : « Ah! j'oubliais, je ne fume plus! »

Si j'avais su que son sursis ne durerait que deux ans!

22

Arlette s'était rapprochée de Pierre. J'observais ce changement d'un œil amusé. Ils devinrent amis. Pierre venait moins souvent « travailler » avec Sartre. Il faisait de l'hébreu avec Arlette. Je le trouvais changé. Il avait le regard lointain, un air qui en disait long (aurait dit Sartre).

Il vivait dans un pavillon de banlieue à Groslay avec sa femme, son fils et des amis, qu'il nommait pompeusement « la communauté ». Il parlait trop souvent de Dieu.

Je me souviens du jour où, excédée, j'en fis la remarque à Sartre :

– Je ne lui donne pas trois ans avant de porter des payès.

– Ça n'est pas impossible, mais tu vas un peu vite! m'avait-il répondu en riant franchement.

Sartre avait, face à Pierre, des moments de totale lucidité, d'autres de renoncement.

– Pierre ne serait pas mécontent de m'absorber. Certains jours il me harcèle, nous nous engueulons, parfois ça m'amuse et je lui tiens tête, d'autres fois ça m'ennuie, alors je cède. Et comme Arlette pense que Castor, parce qu'elle boit elle aussi, m'entraîne vers la mort en me faisant boire, il s'en est fait une alliée : l'obstacle étant Castor bien entendu, il est malin, tu sais!

– Je n'y comprends plus rien, quand tu reviens de Groslay, tu as l'air content. Tu vas même jusqu'à louer les plats qu'on t'a préparés; si on m'avait dit qu'un jour tu donnerais dans la macrobiotique!

– Je n'y vais pas bien souvent et puis la nourriture n'a plus tant d'importance. Ils se donnent du mal, tu sais. Et puis, ça m'amuse de suivre l'évolution de Pierre.

– Tu lui mens, je croyais que tu avais de l'affection pour lui?

– J'en ai, et j'en ai aussi pour Arlette. Tu me poses des questions stupides! Il n'y a guère que Castor à qui je ne mente jamais, mais ce serait trop long à t'expliquer. Tu ne mens pas, toi? Et pourtant, tu as de l'affection pour eux deux!

– Je n'y prends aucun plaisir...

– Je m'en passerais volontiers à présent, ça ne m'amuse plus guère. D'ailleurs, j'ai le sentiment que ça n'est plus de première nécessité. Tout mon monde se croise, se salue, ça ne fait pas de drame comme tu vois. De fait, en dehors du Castor, la seule chose qui me divertisse, ce sont les nouvelles femmes qui viennent me voir. L'essentiel, c'est qu'on me foute la paix!

Désormais, Sartre passait « les vacances d'Arlette » dans la maison de celle-ci à Junas. Il n'y avait plus de cachotteries, je pouvais prendre des nouvelles à ma guise. Une fois le séjour terminé, Arlette le conduisait à l'aéroport de Nîmes, d'où il prenait l'avion pour Paris. Je devais l'attendre à Orly, j'étais comblée.

Il allait passer la journée avec moi, dormirait dans la chambre de Gérald et resterait jusqu'au lendemain dix-sept heures. Après quoi Bost * l'emmènerait chez Wanda puis les conduirait à l'aéroport d'où ils repartiraient pour l'Italie où Sartre retrouverait Castor dix jours après.

Castor l'appelait chez moi afin de s'assurer qu'il était bien arrivé et en bon état. Elle écrivait scrupuleusement la liste des remèdes à lui administrer et ajoutait mille recommandations en me la remettant.

* Ancien élève de Sartre devenu et resté l'ami de Sartre et de Simone de Beauvoir.

« Donner à Sartre :
remèdes habituels (cachets jaune, rouge, 25 gouttes Ezkedit)
+ avant de manger cuillerée granulés joints
+ 1 cachet Anagerel
+ 10 gouttes
dans la journée 1 cachet
2 gouttes dans l'œil le matin
2 gouttes dans l'œil l'après-midi. »

Que d'angoisses elle a dû vivre avec son Sartre éparpillé pendant l'été!

J'arrivai à Orly très en avance de peur de le manquer. Il était toujours parmi les derniers. J'aperçus de loin sa silhouette familière. Il marchait lentement, tenant dans une main un sac de voyage, dans l'autre un chapeau de paille. J'aurais tant voulu courir à sa rencontre! Il regardait devant lui mais ne me voyait pas. Je m'astreignais à garder mes mains l'une dans l'autre de crainte de lui faire des signes. Des gens le dépassaient, se tournaient vers lui, le dévisageaient, hésitaient, puis le reconnaissaient : « Tu as vu, c'est Sartre! »

Je me précipitai vers le policier qui contrôlait la sortie et traversai comme une flèche en lui lançant au passage :

– C'est Sartre, je vais à sa rencontre!

Puis, m'adressant à Sartre :

– Salut, tu as fait bon voyage?

J'avais pris l'habitude depuis que Sartre n'y voyait plus de parler dès que je m'approchais de lui afin de me faire reconnaître.

– Ah, petite, te voilà! Oui, je n'ai pas vu le temps passer.

Il avait dû le trouver long, au contraire, celui qui le séparait de l'avion jusqu'à moi, pensai-je alors. Je voulus prendre son sac.

– Que fais-tu, petite, je suis encore capable de porter un sac! Tu ferais mieux de me débarrasser de ce chapeau qui me fait honte!

– Tu m'as répété pendant des années que l'on perdait trop de temps, précisément, à se débarrasser de la notion de honte!

– Ça n'est pas la même chose, voyons!

Lorsque nous arrivions chez moi, il s'installait dans « son » fauteuil et me demandait de lui offrir un whisky. Je m'exécutais sans me faire prier car, depuis plusieurs mois, je tenais soigneusement pour lui une bouteille au frais que j'avais pris soin, sans aucun scrupule, de couper par moitié avec de l'eau.

Il me racontait Junas, s'informait de ce qui s'était passé pendant son absence.

– Plus que quinze jours et je serai à Rome avec le bon Castor. Mais ces deux jours sont à toi, petite, c'est donc à toi d'en décider. Que veux-tu que nous fassions?

Il avait prononcé cette phrase avec une inflexion si touchante que j'en fus bouleversée. Mais pourquoi s'est-il embarqué dans cette galère? Pourquoi? Je gardai mes pensées pour moi.

– On déjeune dehors, si ça te dit, mais pour ce soir, j'ai une surprise à la maison, d'accord?

Il sourit gentiment.

– Tu devrais, après ton whisky, aller te reposer, tu as de la musique sur la table de nuit et de toute façon tu dois te changer. Il y a des vêtements propres dans la chambre de Gérald. Laisse tes souliers dans l'entrée. Si tu t'endors, je te réveille à une heure, ça te va?

– Ça me va parfaitement.

Quelques instants plus tard j'étais dans la cuisine, les souliers de Sartre à la main, et tentais de les nettoyer. « Je ne vais jamais y arriver, ce n'est pas de la poussière, c'est de la boue séchée... Comme il a de petits pieds! »

J'avais ouvert le robinet et, la brosse à la main, je frottais en prenant garde de ne pas mouiller l'intérieur. Une eau grisâtre s'écoulait, emportant les petits monticules agglutinés sur les côtés et le dessous du soulier.

> « Tu ferais mieux de me débarrasser de mon chapeau qui me fait honte!
>
> – Tu m'as répété pendant des années que l'on perdait

trop de temps, précisément, à se débarrasser de la notion de honte!

– Ça n'est pas la même chose, voyons! »

Le regard de l'autre, c'était sûrement ce à quoi il avait pensé. Il se sentait probablement ridicule, faute de pouvoir en juger par lui-même, puisqu'il n'y voyait quasiment plus. Oui, c'est à ça qu'il pensait lorsqu'il avait dit : « Ça n'est pas la même chose, voyons! » S'il avait pu se voir, il aurait décidé librement : « Je me trouve ridicule donc je l'ôte », ou bien : « On me trouve ridicule donc je le garde car je me fous de ce que les autres pensent. »

Mais je n'étais plus boulevard Raspail. Je me retrouvais, enfant, rue Chifflart, une impasse où nous habitions, juste à la lisière du 20e arrondissement et des Lilas. Nous étions tout près d'une école qui était située « du mauvais côté », nous avait-on dit. L'administration n'entrait pas dans ce genre de détails. On nous expédia rue Pierre-Foncin et nous devions parcourir un trajet considérable pour nous rendre à l'école.

L'été, nous partions tout joyeux par le chemin le plus ensoleillé. L'hiver, nous arrivions les jambes violacées (les filles ne portaient pas de pantalons à cette époque et les collants n'existaient pas), le nez et les oreilles rougis par le froid, les doigts gourds : les gants étaient un luxe que nos parents ne pouvaient nous offrir.

Un vent glacial soufflait sur ce large boulevard Mortier. A l'automne, il pleuvait souvent, nous inventions des raccourcis et nous hâtions, marchant sur des trottoirs boueux, détrempés par la pluie.

Nous arrivions dans un état pitoyable et souvent en retard. Les élèves étaient déjà dans la classe, au travail. Dès que ma sœur Léa, qui était dans la même classe, et moi-même franchissions la porte, la honte nous était distillée par vingt-cinq paires d'yeux inquisiteurs, accusateurs et dédaigneux, qui nous fixaient impitoyablement dans le plus grand silence, jusqu'à ce que nous ayons atteint nos places. Quelle sécheresse habitait donc cette femme, « notre » maîtresse, qui ajoutait aussitôt :

« Non seulement vous êtes en retard, mais vous avez crotté le plancher! Vous prenez cent lignes ou vous préférez les dix coups de règle? Vous devriez avoir honte! »

Un éclat de rire général achevait de nous humilier.

– Eh bien, petite, je viens d'entendre les informations, il est plus d'une heure, il faut aller déjeuner, à quoi songes-tu?

Je n'avais pas entendu Sartre venir, je sursautai.

– Je me demandais pourquoi j'attachais une telle importance aux souliers bien cirés!

– Quelle drôle d'idée, à propos, où ai-je donc mis les miens?

Nous allâmes déjeuner au Balzar. Je lisais la carte pour Sartre.

– Laisse, petite, je sais ce que je veux, choisis plutôt pour toi.

– Tu vas exploser avec ça, dis-je à Sartre lorsque je l'entendis commander un cervelas rémoulade, une choucroute et un sérieux *.

– Je ne mangerai que le chou!

– Merde, il y a un type qui vient vers nous!

– Ah, qui est-ce?

– Je le connais pourtant bien, mais je n'arrive pas à mettre un nom sur son visage.

L'homme était devant nous et salua Sartre, qui aussitôt lui dit :

– Vous connaissez...

Sartre n'eut pas le temps de me présenter, l'homme acquiesça :

– Votre fille.

– Non, celle-ci, c'est ma bâtarde!

L'homme eut un mouvement de recul.

– Vous allez bien?

– Ma foi oui, répondit Sartre qui manifestement s'amusait.

– Tu es fou! lui dis-je, une fois l'homme parti. Tu n'as pas vu sa tête, il était stupéfait.

* Énorme verre de bière.

Sartre riait beaucoup.

– Tu leur prépares de beaux jours, aux historiens et aux biographes, je me demande comment ils vont s'y retrouver entre les lettres que tu envoies à Wanda de La Colombe d'or * en lui décrivant comment tu travailles pour la paix au Viêt-nam et...

– Tu leur diras la vérité! Au fait, qui était-ce?

– François Châtelet.

Sartre rit de bon cœur et ajouta :

– Ça va, il n'est pas trop bavard!

A dix-sept heures, nous étions de retour à l'appartement. Nous écoutions France-Musique et Sartre s'était assoupi dans son fauteuil. Je le regardais dormir, attendrie. Il avait la tête inclinée sur le côté, légèrement penchée vers l'avant. Comme il avait l'air paisible! Subitement, je fus prise de panique : « Il ne respire plus! »

Sartre émit un gémissement, tourna la tête de l'autre côté, reprit son souffle et se rendormit. « Il rêve, bien sûr, je suis stupide! Pourquoi penser toujours au pire? »

Le téléphone interrompit le cours de mes funestes pensées et tira Sartre de son sommeil.

– Allô? Oui Castor, bonjour, oui il est là, bien sûr que je lui ai donné ses médicaments, il va très bien (Castor posait tant de questions que je n'arrivais pas à suivre). Je vous le passe.

Je donnai le récepteur à Sartre et m'éclipsai dans la pièce la plus éloignée de l'appartement. J'étais encore bouleversée, Castor s'inquiétait elle aussi, je l'avais bien senti! « Un jour il mourra, pourvu que ça ne soit pas avec moi! »

– Alors, petite, cette surprise, c'est quoi au juste?

– Tu m'as flanqué une de ces peurs!

– C'est la rançon du luxe, pauvre petite, ta moquette étouffe tous les bruits!

A vingt heures, Sartre écouta le journal télévisé, je mis le couvert puis m'affairai dans la cuisine. Je n'avais pu échapper

* Hôtel à Saint-Paul-de-Vence.

au traditionnel whisky qu'il dégustait avec bonheur bien qu'il fût largement allongé.

J'allumai toutes les lampes et en installai une particulièrement puissante tout près de la table.

– Le dîner est servi, si Monsieur veut bien passer à table!

– C'est comme au cinéma.

– Non, c'est plutôt comme un conte de fées.

– C'est quoi au juste?

– Goûte, depuis le temps tout de même, je sais ce que tu aimes!

Sartre goûta, je le sentais méfiant.

– Du caviar! (il en reprit aussitôt) et du bon!

– Oui, c'est du Beluga.

– Mais où l'as-tu acheté?

– Chez Dominique.

– Dominique est fermé en juillet.

– J'ai pris mes précautions, je l'ai acheté avant qu'il ne ferme!

– Ah, tu es une bonne petite. Combien pour chacun?

– Cent grammes, comme d'habitude, tu veux un toast?

– Sûrement pas, tu n'as toujours pas compris ça, petite, tu le gâches en le mettant sur du pain, où est la vodka?

– Un verre et c'est tout, d'accord?

– Ne recommence pas à m'emmerder, si tu veux que tout continue à aller bien, apporte la bouteille.

C'était trop beau bien sûr; je le savais pourtant qu'il y aurait du frottement à cause de l'alcool. J'aurais dû lui mentir, lui dire que j'avais oublié. J'ai promis à Castor qu'il ne boirait pas plus d'un verre. Il ne voudra rien entendre...

Je lui remplis son verre.

– Tu ne bois pas?

– Non, tu bois pour deux.

– Allons, petite, ne fais pas ta mauvaise tête, tu vas tout gâcher.

Je regardais désespérément le verre, il était déjà vide.

– Je vais te donner du sou, tu m'y feras penser.

– Non, tu es mon invité.

– Ne sois pas bête, tu vas te ruiner.

– Et toi, tu l'es déjà.

– Ah, voilà qui est mieux, tu redeviens caustique.

Sartre porta le verre à ses lèvres et le reposa sur la table.

– Sers-moi donc à boire, ces verres sont tout petits.

– Le dernier, je te préviens!

– Tu me préviens de quoi, mais vous m'emmerdez toutes à vouloir contrôler ma vie!

Il avait haussé le ton.

– C'est pas ta vie, l'alcool, c'est ta mort.

– Et alors? Tout le monde doit mourir...

– Ça dépend de quelle manière.

– Ça n'est pas ton affaire.

– Si! Tu te vois au fond d'un lit ou gâteux?

– Laisse ça, petite, nous en avons parlé cent fois; si c'était le cas, on me tuerait.

– Ah oui? et qui ça?

– Toi par exemple, à supposer que tu tiennes suffisamment à moi!

Je tremblais de rage, impuissante. Sartre parlait sec. Je sentais poindre les menaces.

« Si tu continues, tu vas prendre la porte! »

C'était toujours l'ultime argument en pareil cas. Mais il était chez moi. Incapable d'inverser les rôles, je cherchai désespérément une issue. C'est ainsi que j'avais commencé à le trahir, à le moucharder honteusement, comme il disait, c'était mon seul recours.

– Donne-moi la bouteille!

– Voilà ce que j'en fais, de ta bouteille!

La fenêtre était grande ouverte, la bouteille alla s'écraser bruyamment, quatre étages plus bas.

Sartre rit à gorge déployée. Lorsqu'il put enfin parler, il me dit sur un ton ravi :

– Ma foi, mais tu progresses à pas de géant. Tout de même, tu aurais pu assommer quelqu'un!

Sartre m'avait prise au dépourvu, j'en déduisis qu'il renonçait. Quelle candeur!

Quelques instants plus tard, alors que je posais devant lui un baba au rhum, il en était friand, il mit sa main sur la mienne et me dit :

– Allons, petite, faisons la paix. Je boirai un whisky, plus tard en regardant le film!

A neuf heures, le lendemain matin, Sartre était tout pimpant. J'avais très peu dormi.

– Bonjour, petite, comment as-tu dormi?

– Très bien et toi?

– On ne peut mieux. Es-tu prête? Viens, on va prendre le petit déjeuner au Select.

– On risque de nous voir, la terrasse est ouverte en été.

– Eh bien, on nous verra.

Il faisait une douce chaleur, le ciel était magnifique. Sartre semblait heureux. Je m'efforçais de chasser les nuages qui viendraient inéluctablement assombrir ma journée : dans quelques heures Bost viendrait le chercher et l'emmènerait chez Wanda.

« Plus que quinze jours et je serai avec le bon Castor à Rome », m'avait-il dit la veille d'une curieuse manière. Ma gorge se noua. Mais pourquoi s'était-il embarqué dans cette galère? Pourquoi?

23

C'est durant leur séjour à Rome que j'appris, stupéfiée, l'assassinat de Pierre Goldman.

> « Il n'y a qu'une manière d'annoncer la mort de quelqu'un, petite. On commence par dire " Il est mort ", ensuite on décrit les faits sans geindre. »

Je connaissais l'affection que Castor et Sartre avaient pour Pierre Goldman. Ils allaient avoir un sacré choc. Néanmoins il fallait les avertir. Je téléphonai à Rome.

Castor était au bout du fil.

– Allô, bonsoir Liliane, comment allez-vous?

Elle était si gaie, j'eus un moment d'hésitation.

– Allô, Liliane, que se passe-t-il?

> « Il n'y a qu'une manière d'annoncer la mort de quelqu'un... »

– Castor, Pierre Goldman est mort.

– Goldman? Non, mais comment?

Elle sanglotait si fort, c'était terrifiant. Je ne comprenais plus ce qu'elle disait, sinon qu'elle criait entre ses larmes à Sartre :

– Goldman est mort! Goldman est mort!

J'entendis la voix de Sartre qui demandait sur un ton irrité :

– Comment, comment est-il mort?

Sartre vint au téléphone. J'entendais Castor sangloter.

– Allô, petite, qu'est-ce qui s'est passé?

– On l'a abattu dans la rue.

– Ne pleurez donc pas si fort, Castor, je n'entends pas ce que me dit Liliane. On l'a quoi?

– Abattu.

– Abattu? Comment ça? Où? Quand?

– Avec un revolver, dans la rue, il y a à peine une heure.

– On sait qui?

– Non, il a réussi à s'enfuir.

– Ben merde, quelle saloperie. Rappelle-moi dès que tu sauras la date de l'enterrement. Nous viendrons.

Castor et Sartre assistèrent à l'enterrement de Pierre Goldman. Sartre marchait douloureusement mais il tint à être présent.

Sartre avait toujours été intraitable pour ce qui concernait la complaisance à soi. Il en avait le droit : il était un modèle inclassable, permanent, et le demeura jusqu'à sa mort.

IV

24

L'unique sujet dont je refusais obstinément de parler avec Sartre, c'était la mort. J'allais jusqu'à nier qu'elle pût exister. Lorsque Sartre insistait, je devenais blême.

– Il faudra bien qu'on en parle un jour, logiquement, à moins que tu ne passes sous un autobus, je mourrai avant toi. Tu dois t'y préparer, ça ne sert à rien de se cacher la réalité.

– Débrouille-toi pour ne pas mourir, tu le sais, je n'ai jamais vu de mort.

– Eh bien, je serai ton premier mort.

L'idée que Sartre pût mourir m'obsédait dès que je le quittais. S'il avait cinq minutes de retard, comme il était très ponctuel, je l'imaginais mort. Lorsqu'il partait en voyage, je retenais mon souffle, je vivais dans l'angoisse d'apprendre sa mort par les journaux, la radio, la télévision, que cependant je suivais avec assiduité. Je ne respirais qu'après le télégramme ou le coup de téléphone dont nous étions convenus, qui me délivrait de l'image obsédante d'un avion qui s'écrase.

Selon les endroits où il se rendait, durant son séjour il me téléphonait régulièrement, parfois tous les jours, et sa voix mieux que toutes les informations me permettait d'oublier la peur de sa mort.

Plus tard, lorsque sa santé avait commencé à devenir préoccupante, j'étais hantée par l'idée qu'un matin, en allant le chercher pour le petit déjeuner, c'est moi qui le trouverais mort.

La rupture du projet d'émissions avec Antenne 2 lui avait porté un coup terrible.

Mais Sartre avait des ressources aussi imprévisibles qu'inespérées. Après avoir admis et accepté sa quasi-cécité et la dépendance qui en résultait, il opta pour la vie et retrouva sa gaieté.

Je me souviens lui avoir demandé un matin, au petit déjeuner :

– De dépendre des gens, ça ne te gêne pas trop?

Il avait souri.

– Non, ça a même un petit côté agréable.

Physiquement il demeurait fatigable, néanmoins il avait beaucoup d'activités, rencontrait quantité de gens. La rigueur de son emploi du temps, qui m'avait tant pesé lorsqu'il écrivait, s'était peu à peu relâchée. Je le voyais davantage.

En d'autres circonstances, c'eût été un bonheur inouï. Mais les visites successives chez les médecins, les consultations dans les hôpitaux et les examens qui s'étaient multipliés m'avaient angoissée. La peur, insidieusement, s'était installée en moi.

En mars 1977, Sartre, Castor et moi étions dans le bureau du professeur Housset qui compulsait un énorme dossier : celui de Sartre.

Depuis un certain temps, Sartre se plaignait d'une douleur, forte, avait-il dit, dans un pied. Il était si « modeste » pour ce qui concernait la douleur, que j'en avais déduit qu'elle devait être intolérable et m'étais affolée. Sartre m'avait fait jurer de n'en parler à personne et devait n'en parler lui-même au Castor que quelques semaines plus tard. Une amie médecin, que j'avais consultée, s'était montrée pessimiste, de sorte que j'implorai du regard le professeur Housset, de manière à lui faire comprendre que je savais, qu'il n'était peut-être pas nécessaire d'angoisser Sartre et Castor, que ça ne changerait rien.

Je fus soulagée de l'entendre féliciter Sartre d'avoir cessé de fumer. En revanche, il ajouta aussitôt que Sartre devrait s'arrêter de marcher à l'instant où il aurait une crampe dans la jambe : il risquait une crise cardiaque ou une attaque au cerveau, le professeur Housset était formel. Il remit une enveloppe au Castor et nous salua chaleureusement.

A partir de ce jour, ma peur devint obsessionnelle et ne me quitta plus.

Après avoir raccompagné Sartre dans son appartement, Castor et moi, chez elle, avons décacheté l'enveloppe à la vapeur : en vain. Les médecins utilisent délibérément des termes hermétiques. Castor m'a priée alors de faire appel à mon amie médecin.

Le bilan était très mauvais. Castor m'avait fait promettre de lui dire la vérité. J'ai un peu minimisé, mais je l'ai désespérée. Aurais-je dû lui mentir? Je n'ai toujours pas trouvé de réponse et cette question me tourmente encore. Sartre était très sollicité et selon moi cédait bien trop souvent. Mais il avait besoin de travailler et se plaignait depuis quelque temps du peu de présence de Pierre. Il donna, content, des interviews qui l'inspiraient, se plia, sans plaisir, à d'autres qui lui étaient extorquées. Lucide et généreux, il s'acquittait de certaines tâches scrupuleusement bien qu'il les vécût comme d'ennuyeuses corvées. Il avait une vie bien remplie et dans l'ensemble il semblait plutôt content.

Sartre était entouré de nombreuses femmes, en leur présence il s'égayait.

Je l'avais jalousement gardé pour moi seule, pendant de longues années. Il aimait les rapports à deux, je n'aimais pas partager. Sur ce point précis nous étions toujours d'accord.

Lorsque j'appris qu'il courait un réel danger : « Avec beaucoup de précautions, il peut vivre un an ou deux », m'avait dit mon amie médecin, je changeai radicalement de comportement et décidai de lui présenter des amies.

Il ne se fit pas prier, mais me demanda de les lui décrire : il choisirait. Il s'amusait beaucoup, rajeunissait de vingt ans! A cette époque il ne se souciait guère de connaître les raisons pour lesquelles ces femmes cherchaient à le séduire, il s'en moquait; ce qui comptait avant tout, c'est qu'il les trouvât belles, ne fût-ce que par mes yeux.

La première pour laquelle il opta était mariée à un homme

auquel elle était terriblement soumise, qu'elle servait scrupuleusement à table et dont elle ne se séparait jamais (elle ne travaillait pas). Elle était vive et drôle mais ce qui attirait particulièrement Sartre, me semble-t-il, c'était l'idée qu'il la « débaucherait », après s'être assuré qu'elle avait « un beau cul », bien entendu.

Elle est venue deux fois, elle était ébahie d'entendre parler vrai! Elle a pris peur. Elle s'est sauvée comme un lapin qui craint pour sa vie lorsqu'il renifle un chasseur!

La deuxième était professeur, plus jeune, brune, jolie, elle avait un corps splendide. Elle était mariée aussi, mais cette fois à un homme qui, lui, vivait sa vie. Lucide, intelligente, drôle, elle se racontait volontiers et n'avait pas peur des mots. Sartre avait un penchant pour elle, elle se plaisait en sa compagnie, ils se sont vus plus longtemps. Elle avait des problèmes de couple, qu'elle analysait judicieusement, mais se butait sur l'essentiel, selon Sartre. Elle s'était mis en tête de trouver un lieu qu'elle envisageait d'aménager avec son mari, à la campagne. Sartre considérait les raisons exposées pour justifier cette nouvelle vie comme un alibi. Elle était également peintre. Il lui expliqua longuement, sans ménagements, pourquoi elle se truquait.

Elle avait de la répartie, des opinions politiques, les mêmes que Sartre, et les appliquait dans sa vie. Les sujets de conversation n'auraient pas dû tarir.

Elle disparut subitement de sa vie.

« Prenez garde, lui avait dit Sartre, si vous ne réussissez pas à peindre dans cette maison où rien d'autre de positif ne vous attend, vous vous y tuerez. »

Manifestement, mes tentatives avaient tourné court. Je décidai donc d'en rester là et laissai à Sartre le soin de faire le tri, il avait grandement le choix. Il m'avait dit un matin : « Te rends-tu compte, petite, sans compter Castor et Sylvie, en ce moment j'ai neuf femmes dans ma vie! »

La seule rencontre faite par mon intermédiaire, sans que je l'aie vraiment voulue, est également celle qui eut pour moi les plus graves conséquences.

25

Une femme m'avait rendu un grand service et je voulais la remercier en lui offrant un cadeau.

Je ne la connaissais pas suffisamment, j'étais indécise. Naïvement, je décidai de la consulter :

– Je voudrais vous faire un beau cadeau, quelque chose qui reste, qu'est-ce qui vous ferait vraiment plaisir?

Je ne peux pas lui reprocher d'avoir eu l'instant d'hypocrite hésitation qui est souvent l'usage en pareil cas. Elle répondit aussitôt :

– Un déjeuner avec Sartre.

« Pourquoi pas un voyage à Rome! » pensais-je. J'étais éberluée!

Sartre n'ignorait rien du service rendu, et du cadeau que je m'apprêtais à lui faire, il m'avait approuvée. Outrée, je lui racontai notre court entretien.

– Elle ne manque pas de culot en effet, me dit Sartre, amusé mais vaguement flatté. Comment est-elle? Elle est belle?

– Plus que ça.

– Décris-la-moi.

De mauvaise grâce, je la lui décrivis, c'était une beauté.

– Dans ce cas, on déjeune avec elle, sur ton temps jeudi prochain.

Nous nous sommes retrouvés à La Palette *, Sartre la pria

* Un restaurant à Montparnasse qui a disparu.

de s'asseoir à côté de lui, je m'assis face à eux et persistais à penser :

> « Il ne se souciait guère de connaître les raisons pour lesquelles ces femmes cherchaient à le séduire, il s'en moquait. Ce qui comptait avant tout, c'est qu'il les trouvât belles, ne fût-ce que par mes yeux. »

– C'est bouleversant de se trouver avec quelqu'un d'aussi intelligent.

Ce fut sa première phrase. Je pensai : « Elle est folle, il va l'envoyer sèchement sur les roses! »

– Aimez-vous le chablis? lui demanda Sartre.

– Oui, beaucoup.

Elle répondit en mettant sa tête sur l'épaule de Sartre. Je n'en croyais pas mes yeux.

– Vous ne pouvez pas vous rendre compte de l'admiration que j'ai pour vous, je n'oublierai jamais ce déjeuner.

Elle minaudait, l'experte.

– Que voulez-vous manger?

– N'importe quoi, ça m'est égal, du moment que je suis avec vous!

A chaque phrase elle palpait Sartre, l'air de se pâmer. Quelle impudeur! De temps à autre, embarrassée, je tentais de m'interposer. Elle franchissait tous les obstacles.

– Si on commandait? m'aventurai-je gauchement.

– Je te lis la carte, tu veux bien?

– Ma foi!

Elle lui a dit « tu »! Dans cinq minutes elle va lui mettre la main dans la culotte, ma parole!

On nous apporta le repas et le vin, Sartre avait l'air de s'amuser. Je me demandais comment ce repas allait se terminer. J'avais la nausée. Je n'envisageais pas un instant de quitter la table, j'osais à peine imaginer ce qui pourrait se passer, elle était tellement effrontée! Quelques instants plus tard, je fus cependant contrainte de m'éclipser.

A mon retour, elle donnait carrément dans la vulgarité.

Nous étions en plein porno. Volubile, très à l'aise, elle racontait à Sartre sa sexualité et n'hésitait pas à donner des détails graveleux, à citer des noms.

– Il est quatre heures, articulai-je péniblement.

Sartre avait un rendez-vous chez lui. Il paya, elle nous quitta devant le restaurant, je raccompagnai Sartre en auto.

Quelques jours plus tard, un matin, je remis à Sartre, comme d'habitude, son courrier, qu'il me pria de lui lire puisqu'il n'y voyait plus assez.

> « Paris, le 26 novembre 1979 *
>
> « Cher Sartre,
>
> « Ce déjeuner a été et est toujours un événement très important dans ma vie.
>
> « Moi qui pensais que la plupart du temps il valait mieux ne pas trop parler parce que, de toute façon, on se dénature soi-même et les interlocuteurs dénaturent vos paroles, je n'ai pas eu peur avec toi. Je suis heureuse de continuer cet échange le 13 décembre. Je veux t'écouter et j'ai tant de choses à te dire.
>
> Avec ma tendresse. »

Elle avait mis à profit mon éclipse ce « fameux » jeudi au restaurant, pour prendre ses coordonnées et, dans l'intervalle, obtenir un rendez-vous.

Elle a revu Sartre quelques fois, lui a proposé de faire un livre sur sa sexualité (à elle); elle lui apportait le whisky qu'il lui demandait.

Elle fut priée sèchement par Castor de s'en abstenir, s'en plaignit à Sartre.

J'en avais informé Castor. Je n'ignorais nullement ce qu'il m'en coûterait (ils se disaient tout), mais je préférais ne plus voir Sartre et le savoir vivant : je craignais que mon silence complice n'accélérât sa fin.

* Sartre m'a priée d'emporter la lettre afin que nul ne puisse la lire.

26

Lorsque Sartre apprit que j'étais à l'origine de ce mouchardage, il entra dans une colère bleue. Nous eûmes des scènes violentes. Il proférait toutes sortes de menaces.

Le 24 février 1980, il les mit à exécution :

– Tu me pues au nez, tu es une moucharde. Désormais, je ne veux plus te voir.

Castor était consternée par l'ampleur du blâme. Arlette tentait de me consoler en me disant qu'il n'était pas fier de lui, qu'au fond je n'étais guère plus coupable qu'elle, qu'il le savait, qu'il se calmerait, qu'elle trouvait ça injuste. J'étais atterrée.

Je prenais des nouvelles de Sartre auprès de Castor ou d'Arlette. Le 11 mars était l'anniversaire de nos vingt ans d'amitié, je remis à Arlette deux cassettes de Bach, en la priant de les lui remettre de ma part.

– Il se calme, je suis sûre qu'il n'est plus fâché, il vous remercie pour le cadeau.

Encouragée par les propos d'Arlette, le 20 mars à neuf heures et demie, heure habituelle de notre petit déjeuner, je décidai de téléphoner à Sartre.

J'étais terrorisée, partagée entre le chagrin qu'il pouvait me faire en refusant de me parler, et l'éventualité d'une réconciliation que je souhaitais de tout mon cœur.

Le téléphone sonnait, personne ne répondait, je laissai sonner longtemps...

Je savais Sartre avec Castor. Il était trop tôt pour qu'ils soient au café, je connaissais leurs habitudes. « J'ai dû faire une erreur, l'émotion sans doute. »

J'y voyais des signes : « Il ne fallait pas appeler. – Il sait que c'est moi, il ne veut pas répondre. – Il est arrivé quelque chose. »

Je recommençai, m'appliquant avec difficulté, sans succès. J'étais anéantie par la peur, incapable de faire un geste. J'essayais de réfléchir.

J'avais parlé au Castor la veille, ils voyaient Bost chez Sartre le soir même. S'il s'était passé quelque chose, si Castor avait eu besoin d'aide, elle m'aurait appelée, ou bien Sylvie. Mais nous étions jeudi, Sylvie partait très tôt le matin...

Non, ça ne pouvait pas avoir eu lieu la veille, Bost était avec eux. De toute façon, Castor m'aurait avertie. Je composai de nouveau le numéro de téléphone, en vain. Je téléphonai aux réclamations.

– Le téléphone de M. Sartre est coupé, madame, pour faute de règlement de facture.

La secrétaire que Sartre avait engagée pour le décharger de ces contingences ne prenait même pas la peine de payer les factures en temps voulu ! « Ouf ! il faut que je prévienne Castor, on ne peut pas laisser Sartre sans téléphone. »

Je repris mon souffle avec un certain bonheur.

> « C'est bien de toi, pauvre petite, tu vois toujours le pire ! »

Sartre m'avait dit cette phrase si souvent !

J'obtins enfin Castor chez elle.

– Liliane, Sartre a été emmené à l'hôpital en Samu, il ne pouvait plus respirer.

Sa voix était brisée.

– Oh, Liliane !

Je n'entendais que des sanglots.

– J'arrive.

Je ne sais pas comment je réussis à faire les deux cents

mètres qui me séparaient de son domicile. Je sonnai à sa porte, elle m'ouvrit aussitôt.

Elle se jeta dans mes bras, je la laissai pleurer. Je la serrais fort contre moi. De temps en temps elle disait :

– Liliane, Liliane.

Elle se ressaisit un instant, s'assit, se calma un peu, puis me raconta ce qui s'était passé.

– Voulez-vous que je vous emmène?

– On est en train de le soigner (entre-temps, Castor avait eu des nouvelles et savait qu'il était à l'hôpital Broussais), on ne me laissera pas entrer, j'attends les Pouillon, merci.

– Voulez-vous que je prévienne Arlette?

– Oui, faites-le, merci, je n'en ai pas envie.

– Je peux vous laisser? Vous êtes sûre?

Elle m'embrassa la main.

Je me retrouvai dans la rue, et réussis enfin à pleurer.

Je dois reconnaître qu'à ce moment-là, je pensais : « Mais comment Castor peut-elle rester chez elle à attendre, j'y serais déjà à l'hôpital! »

Il m'est arrivé depuis de me trouver dans une position analogue et j'ai réalisé que le temps de l'espoir, aussi petit soit-il, qui sépare de l'insupportable désespoir est un sursis vital.

J'annonçai la sinistre nouvelle à Arlette et lui proposai, si elle était d'accord, de passer la chercher pour aller à l'hôpital. Nous habitions tout près l'une de l'autre, quelques minutes plus tard, elle s'asseyait dans mon auto. Nous étions silencieuses. Après un long moment, je réussis péniblement à lui dire que je n'en savais pas davantage. Il nous fallut peu de temps pour être à l'intérieur de l'hôpital; j'en connaissais hélas le chemin, j'avais accompagné Sartre à plusieurs reprises chez le professeur Housset. Mais il fallait trouver le service de réanimation!

> « Ça voulait dire qu'on le réanimait...
> – Il avait donc été inanimé...
> – Réussirait-on à le réanimer...?

– Dans quel état allais-je le trouver...? »

J'étais incapable de raisonner. J'avais le vertige, une terrible angoisse me nouait la gorge; je regardais Arlette, elle était devenue jaune, son regard était vide.

Tout s'emmêlait dans ma tête, j'essayai de rassembler le peu de choses que je savais, j'envisageais le pire.

> « Et s'il était mort, non, il ne pouvait pas, il ne voulait pas, il n'avait pas le droit. »

Ma décision était prise : je n'entrerais pas. Il le savait, nous en étions convenus, je n'étais pas prête. Nous étions à l'étage, devant une porte close et un long couloir désert. Je ne me souviens plus combien de temps nous avons attendu. Un groupe d'hommes en blouse blanche se dirigea vers nous. Je n'ai retenu que quelques mots prononcés avec une intonation qui me glaça :

– Il respire mieux, mais il est très fatigué. Une seule personne à la fois, qui êtes-vous?

– Sa fille.

Sartre m'avait souvent dit : « Il vaut mieux être une fille bâtarde qu'une fille adoptée. » Avec les années, pour faire la paix, j'avais lâché prise. Mais ce jour-là, plantée derrière la porte, affolée à l'idée d'être dans l'ignorance, je ressentis douloureusement le pouvoir de la sacro-sainte famille. Pourtant je ne me suis jamais sentie aussi proche d'Arlette qu'à ce moment-là, j'étais terrorisée à l'idée d'être dans le flou, j'étais soulagée.

Je réussis à lui dire que je l'attendais, elle disparut aussitôt.

A partir de ce moment-là, je devins une « attente ».

J'attendais les nouvelles que me donnait Arlette, celles que j'obtenais de Castor ou de Sylvie.

Le plus souvent j'accompagnais Arlette à l'hôpital. Je la ramenais chez elle. Plus je la voyais, plus je me sentais près de Sartre. Elle me donnait des nouvelles rassurantes, il mangeait, pour elle c'était bon signe. De son côté, Castor me rapportait scrupuleusement les propos des médecins. J'avais le sentiment qu'elle se forçait à les croire. Je n'osais pas lui poser de vraies questions de crainte de l'affliger davantage. Sylvie était très inquiète, elle trouvait Sartre très diminué, amaigri, faible. Je n'avais plus de repères.

J'aurais donné tout l'or du monde pour voir Sartre un instant. Il me semblait indécent d'en parler au Castor. Je savais que Pierre allait voir Sartre avec Arlette. Ils s'en allaient juste avant que Castor ne vienne à son tour, seule ou accompagnée de Sylvie, de Bost, de Pouillon ou de Lanzmann.

J'envisageais de forcer la porte, ou d'entrer sans me faire voir au milieu de la nuit.

Il fallait que je voie Sartre. Personne ne pourrait m'en empêcher. En réalité, personne ne songeait à m'en empêcher, mais nul n'était en état de concevoir l'épreuve supplémentaire que je vivais. Je n'avais pas revu Sartre depuis le 24 février, il était entré à l'hôpital « brouillé » avec moi, et s'il allait mourir!

Je ne savais plus que faire, mon médecin travaillait à l'hôpital Broussais, je lui téléphonai.

– Dites-moi la vérité, je vous en prie, comment va vraiment Sartre? Je ne peux pas le voir, court-il un réel danger, pensez-vous que je puisse partir quelques jours, ce sera moins douloureux si je ne suis pas à Paris.

– Vous pouvez partir, mais n'allez pas trop loin.

Je le remerciai comme s'il venait de me donner l'assurance que Sartre, après tout, n'allait pas si mal.

Je partis sur un coup de tête, et le regrettai aussitôt. Au loin ce fut pire. Je restais obstinément dans la chambre, assise à côté du téléphone. Il fallait passer par un standard pour obtenir un correspondant. C'était un vrai supplice.

Arlette me téléphona plusieurs fois, elle le trouvait mieux.

– On l'assoit dans un fauteuil, avec moi il mange.

Ce qui me soulageait, c'était d'entendre Arlette, je me sentais reliée à Sartre par elle, mais ses propos me semblaient relever davantage de l'obstination que de la lucidité.

Je réussis enfin à joindre Sylvie.

– Comment, Liliane, vous ne savez pas, Sartre va très mal!

Je rentrai sur-le-champ et retrouvai Arlette épuisée, mais confiante.

Le 14 avril au soir, j'accompagnai Arlette à l'hôpital et j'entrai avec elle dans la chambre, où Sartre semblait dormir.

Il était si pâle, amaigri, transformé, que j'eus la certitude qu'il allait mourir.

Arlette s'approcha tout près de lui.

– C'est Arlette, je suis avec Liliane.

Sartre ouvrit les yeux, il n'avait pas ses lunettes, j'étais de l'autre côté du lit, je m'approchai, l'embrassai sur sa joue disponible, il avait tourné la tête de mon côté.

– Ah, c'est toi, Liliane, et comment tu vas, toi?

Il parlait avec difficulté. Arlette, voyant que je n'avais pas compris, me traduisit la phrase. J'étais penchée vers lui.

– Tu sens bon.

Je retins mes larmes, ne sachant que dire.

– Oui, c'est Arlette qui m'a apporté de l'eau de toilette à la citronnelle.

Il prononça cette phrase clairement et ferma les yeux, je cherchai ceux d'Arlette, ils reflétaient le désespoir.

Sartre ne bougeait plus, il semblait dormir. Nous sommes restées longtemps, silencieuses, assises de chaque côté du lit. Personne n'est venu nous demander de quitter la chambre, nous l'avons fait de nous-mêmes, sans raison.

A ce stade du récit, je suis incapable de me rappeler ce qui s'est passé jusqu'au moment où je suis allée prendre Arlette en fin d'après-midi le 15 avril.

Je n'entrai pas voir Sartre ce jour-là : j'attendais Arlette sur le palier. Mon amie Dominique m'avait téléphoné : « Lili, il va mourir, et crois-moi, c'est mieux comme ça. »

Lorsque Arlette sortit, je lui dis :

– Il vaudrait mieux rester.

– Vous croyez, mais pourquoi?

Le médecin que je connaissais apparut à cet instant, il répondit à ma question sur un ton qu'il voulut anodin :

– Si vous voulez, vous pouvez.

Je rentrai seule chez moi, où mon amie Dominique m'attendait. Elle n'avait pas dormi depuis quarante-huit heures, sa présence me parut suspecte. Elle s'affairait dans la cuisine.

– On va manger un peu.

Le téléphone sonna, c'était Arlette.

– Liliane, ça s'est arrêté.

– Quoi, « ça s'est arrêté », vous voulez dire qu'il est mort?

– Oui, prévenez Castor, je ne peux pas le faire.

Dominique me prit dans ses bras, je criais :

– Non, c'est pas vrai, je suis sûre qu'ils se sont trompés!

– Castor, il faut prévenir Castor.

Nous partîmes en roulant à toute allure. Chez Castor, personne. Chez Sylvie, personne.

– Viens, Mimique, on va à l'hôpital, je suis sûre que Castor y est.

Devant l'hôpital c'était épouvantable. Télévision, journalistes, photographes. La grille était fermée. Dominique sortit de l'auto et demanda au gardien de l'ouvrir en lui précisant que j'étais de la famille. Il ne voulait rien entendre, elle lui ordonna de téléphoner dans le service où était Sartre et déclina mon nom. Il obtempéra et nous laissa entrer. Dans une allée, j'aperçus Sylvie, je criai son nom, elle me regarda et hurla en sanglotant :

– Il est mort, Liliane!

> « Je n'ai jamais vu de mort.
> – Eh bien, je serai ton premier mort.
> – Débrouille-toi pour ne pas mourir. »

Je me remémorais ces phrases tout en marchant, soutenue par Dominique. Je m'immobilisai un instant, regardai Dominique, ôtai ses bras.

– Tu es sûre?

Elle s'éloigna, j'entrai dans la chambre. Sartre semblait dormir. Je m'approchai de lui, il était si pâle, j'hésitais, je sentais mes jambes mollir.

« Tu sais, petite, un mort, ça ressemble à quelqu'un qui dort, ça n'est pas si terrible, va, ce qui est terrible, c'est qu'il soit mort. »

Je posai le bout de mes doigts sur sa joue, elle était chaude. Je m'agrippai aux barreaux du lit.

– Tu n'étais pas fait pour ça.

Je n'avais pas remarqué Arlette, elle était assise de l'autre côté du lit et répétait cette phrase en sanglotant, comme une litanie.

Castor m'apparut alors, je me précipitai dans ses bras et parvins à pleurer. Peu de temps après, Sylvie revint, plus tard arrivèrent Bost, Pouillon, Le Whyshie, et Lanzmann qui pétrissait les pieds de Sartre en disant :

– Mon petit, mon petit.

Bost marchait de long en large en répétant :

– C'est pas vrai, mais c'est pas vrai.

Je ne me souviens de tout cela que très vaguement.

On nous pria de partir, il était cinq heures du matin. Dans le couloir, j'aperçus Dominique, elle était restée là à m'attendre. Nous embarquâmes Arlette, ça allait de soi. Juste au moment où nous arrivions devant chez moi, alors que nous sortions de l'auto, un homme se précipita sur Arlette, elle le frappa. Il faisait nuit.

– Arlette, c'est moi, Pierre.

Elle n'entendait rien et continuait à se débattre. Elle l'avait pris pour un journaliste. Pierre nous raconta qu'il était allé à l'hôpital, on lui avait dit que nous venions de partir. Une amie l'accompagnait, il ne conduisait pas.

Nous montâmes dans mon appartement. Pierre demanda à Dominique de faire du thé, s'assit sur la moquette à côté d'Arlette et la prit dans ses bras. Personne ne parlait. Après un certain temps, Arlette manifesta le désir de rentrer chez elle. Pierre se leva et ils partirent ensemble.

Dominique était furieuse.

– Mais qu'est-ce qu'il croit, ton Pierre, je croyais qu'il était ton ami, et toi alors, c'est dégueulasse ce qu'il fait. IL SE PLACE déjà, il ne perd pas de temps!

Je ne pensais qu'à une chose : sans Arlette, je n'aurais jamais revu Sartre vivant!

J'ai pratiquement occulté ce qui se passa par la suite jusqu'à la mise en terre.

J'étais anesthésiée, tendue vers ce que je considérais comme le terme. Le souvenir que j'avais conservé des deux morts qui m'avaient anéantie, celle de ma mère et celle de mon neveu, était intact. On reçoit le choc, on navigue entre le sentiment du « plus jamais » et l'incapacité d'y croire.

Le chagrin, le manque ne se mesurent pas, chacun son lot. Je m'imposais une certaine retenue vis-à-vis de Castor. Prendre de ses nouvelles autrement qu'auprès de Sylvie m'eût semblé d'une telle indécence! Je savais que Sylvie ne la quittait pas une seconde. Je me sentais très seule.

Pierre ne se manifestait pas. Je me souviens vaguement être allée à plusieurs reprises chez Arlette, où je rencontrais Pierre à chaque fois.

Pendant ma « brouille » avec Sartre, il y avait eu rupture entre Pierre et Castor à propos du fameux article dans *Le Nouvel Observateur* *. Arlette avait choisi Pierre contre Castor et n'avait pas tardé à se sentir investie d'une certaine importance, comme aurait dit Sartre.

Je me souviens en particulier du jour où, s'adossant à son siège, elle formula une phrase qui me laissa sans voix : « Castor veut que ce soit son mort. »

« Prends des calmants, m'avait dit Dominique, c'est dur quand on referme le couvercle. »

Je regardais sans voir. Cet homme dans sa boîte, non, ça n'était pas « mon » Sartre, je faisais un cauchemar, j'allais m'éveiller et je lui raconterais.

> « Pourquoi as-tu " choisi " de me faire mourir? me dirait-il.

* Voir extrait de *La Cérémonie des adieux*, p. 119.

– Mais je ne veux pas que tu meures, toi non plus d'ailleurs, tu avais promis, tu disais : Encore au moins dix ans. »

Les hommes sont arrivés, j'ai trouvé qu'ils faisaient du bruit dans ce « silence de mort ». J'ai détourné la tête, non, on n'allait tout de même pas l'enfermer dans cette caisse! Il aimait tant la lumière, le soleil, les couleurs... Je sentais mes jambes mollir.

« Tu en fais trop, petite... »

Je me retrouvai derrière le fourgon dans lequel on l'avait glissé, mes jambes mollissaient de plus en plus. Deux grandes portes s'ouvrirent sur la rue; une marée humaine s'engouffra dans la cour. Les gens se bousculaient, me bousculaient, je me sentis happée, soulevée de terre et me retrouvai assise dans un car. Mon fils me caressait les cheveux, sa femme me serrait les mains.

Par la suite, j'ai appris qu'il y avait eu beaucoup de monde, je n'ai vu personne. Le car est passé devant chez moi, devant le café où nous avions si souvent pris le petit déjeuner, j'étais vide, je ne ressentais rien.

Quelques détails me reviennent en mémoire : au cimetière, j'ai cru que j'étais à une manifestation, que l'on allait étouffer Castor. Je suis montée dans une auto avec Castor, Sylvie, Lanzmann et Arlette; j'avais l'impression que le conducteur faisait une course de Formule 1, probablement en comparaison avec la lenteur du parcours qui précédait.

Je me suis retrouvée dans la rue, seule, et je me suis évanouie. Une dame m'a relevée, une autre m'a reconduite devant chez moi. Un ami m'y attendait, inquiet, je me jetai dans ses bras.

J'ignorais que le pire était à venir.

Le cimetière était désert, nous étions quelques-uns, très proches de Sartre, figés devant un monceau de fleurs. Pierre n'était pas là. Il n'était pas venu davantage le jour de la mise en bière. Castor, épuisée, s'était laissé convaincre par Sylvie et ses amis de ne pas assister à la crémation. La mise en terre, le samedi précédent, avait été pour moi l'évidence de la mort de Sartre. Curieusement, lorsqu'on sortit le cercueil de la tombe, afin de le déposer dans le fourgon, j'étais persuadée que je faisais de nouveau un cauchemar, que j'allais m'éveiller et lui raconterais, je l'entendais déjà protester tendrement :

> « Mais enfin, pauvre petite, pourquoi choisis-tu d'encombrer ta vie avec ma mort, je suis bel et bien là, pour dix ans au moins. »

Je n'avais jamais assisté à une crémation. Ce mot me faisait horreur. Une grande partie de ma famille a été exterminée par les nazis, à Auschwitz, en dehors de ma sœur Bella.

Lorsque les portes coulissèrent, laissant apparaître les flammes, et que le cercueil pénétra à l'intérieur, je compris pourquoi ma mère était morte de désespoir. Sartre était mort, je l'avais vu, il ne sentait rien. Je revoyais ma mère qui caressait le chien douloureusement (c'était tout ce qui nous restait de ma sœur).

> « Si au moins j'étais sûre qu'elle soit morte avant! »

On nous pria de monter au premier étage, ce serait long. Ce fut interminable. On entendait le bruit du brasier. J'aurais voulu hurler, pas une larme, j'étais sèche. La tête me tournait, je luttais, je sentais que j'allais m'évanouir, j'aurais aimé m'évanouir, oublier quelques instants, quelques secondes. Je pensais à Castor, on n'aurait pas dû la laisser seule, au loin c'est toujours plus difficile.

– Si vous voulez bien venir constater, on va mettre les cendres dans l'urne.

Je restai clouée sur ma chaise. Quelques personnes descendirent. J'entendais un bruit de racloir. Ils ramassaient l'ultime trace de cendres. Je revoyais Sartre chez moi, assis dans un fauteuil devant l'âtre.

« Ôte donc les cendres, petite, tu vois bien que le feu va s'éteindre. »

On vint nous chercher. Nous étions pétrifiés devant ce « vase » que l'on déposa dans le fourgon qui contenait le cercueil auparavant. Le contraste était si saisissant qu'il me sembla ridicule de nous « ordonner » de former un cortège.

« Une minuscule boîte, voilà ce qui reste de toi, mon pauvre petit Sartre. »

Nous traversâmes Paris, du Père-Lachaise au cimetière Montparnasse en auto. De temps en temps, nous perdions de vue le précieux chargement. Je regardais le ciel, le vent balayait de gros nuages, m'offrant de grands espaces bleus.

« Je déteste le ciel quand il est bleu...
– Il faudra apprendre à vous y faire. »

Vingt années s'étaient écoulées.

Nous étions devant la sépulture de Sartre. Sylvie, entre Arlette et moi, nous maintenait fermement.

Le caveau était très profond. Je ne me souviens plus comment les cendres de Sartre y furent déposées, je ne sais pas davantage qui demanda qu'on les changeât de place pour les mettre un peu plus à l'abri.

Chacun jeta une fleur dans ce gouffre, tout le monde eut du mal à s'en arracher.

Chez Arlette, Pierre attendait. Il questionna. Arlette avait du mal à respirer, elle parlait avec difficulté. Sa voix s'emplit de reconnaissance lorsqu'elle dit à Pierre sur un ton convaincant :

– Tu sais, Sylvie nous a vraiment prises en charge.

Pierre détestait Sylvie, il l'interrompit sèchement. C'était clair, il n'avait aucune envie d'entendre Arlette lui vanter Sylvie.

– Et Michelle?

Pierre n'avait aucun vrai lien avec Michelle, je compris sur l'instant le contenu de cette « rancuneuse » interruption. Arlette se raidit et se tut. J'étais épuisée, je rentrai chez moi en évitant le regard des gens que je croisais dans la rue; ils m'avaient trop souvent vue avec Sartre, je n'avais que faire de leur curiosité morbide et de leur compassion, j'avais besoin d'être seule.

Sylvie me téléphona :

– Liliane, Castor est à l'hôpital. Quand nous sommes rentrés chez moi, avec Lanzmann, elle était tombée du lit, elle délirait. Elle fait une congestion pulmonaire.

J'étais atterrée.

Mes rapports avec Castor s'étaient construits peu à peu, selon son désir. Chacun ses amitiés, comme disait Sartre au tout début.

Mon attachement au Castor avait surgi comme une évidence pendant la lecture de *La Force de l'âge,* bien que je n'en eusse pas complètement conscience sur le moment. La dimension d'amour, unique à mes yeux, qu'ils éprouvaient l'un pour l'autre, la tranquille certitude que rien ne les séparerait, en dehors de la mort, l'absolue confiance qu'ils ressentaient pour l'avenir et l'authenticité de leurs rapports suscitèrent en moi un sentiment qui n'a jamais changé : ils étaient indissociables, je les aimais comme un tout; et ce tout, amputé de Sartre, gisait à l'hôpital.

Où Castor puiserait-elle le désir, l'énergie nécessaire à sa guérison? Je sentais confusément que Sartre, d'une certaine manière, continuerait de vivre, à condition que Castor vécût.

J'étais très inquiète, mais j'avais en mémoire une phrase de Castor :

> « C'est affreux de ne pas être là pour consoler quelqu'un de la peine qu'on lui fait en le quittant, c'est affreux qu'il vous abandonne et se taise. »

Castor aimait trop Sylvie, selon moi, pour lui infliger cette deuxième épreuve. Je considérais Sylvie comme son souffle de vie. Son acharnement à la vouloir en vie, sa vitalité, son amour surtout, la sortiraient de là.

Je prenais des nouvelles de Castor auprès de Sylvie, j'attendis que l'état de Castor se fût amélioré pour aller la voir. Lorsque j'entrai dans sa chambre, je fus soulagée de constater qu'elle était pratiquement guérie de sa congestion pulmonaire. Mais son regard était changé, ses yeux rosis. Je la sentais fragile, elle me souciait beaucoup.

L'hospitalisation de Castor s'étant répandue dans les médias, je fus stupéfaite d'apprendre par Sylvie qu'Arlette n'avait pris aucune nouvelle.

J'ai vécu prostrée chez moi des semaines durant. Ma belle-fille filtrait les appels téléphoniques; certains journalistes avides me harcelaient, à l'affût d'une indiscrétion. Les amis, eux, avaient envoyé des télégrammes, des lettres touchantes, à présent ils prenaient des nouvelles de Castor, son hospitalisation relançait « l'actualité » en quelque sorte. Mais d'Arlette ou de Pierre, aucune manifestation.

Je téléphonai à Pierre, lui reprochai son silence, nous avions été très proches, ne comprenait-il pas mon besoin de parler de Sartre avec lui? Je le sentais distant, ses réponses étaient molles; il finit par céder à ma requête et vint me voir.

Je lui exposai la solitude dans laquelle je me trouvais :

– On ne parle pas à n'importe qui du vide que crée la disparition de Sartre.

– Tu peux venir à Groslay quand tu veux.

– Mais il y a Arlette, non, je ne veux plus mentir, plus de raisons à présent.

– Si ce n'est que ça, tu veux que je lui dise? Aucun problème. Au fait, tu as l'intention de conserver des rapports avec Castor?

Je lui demandai des nouvelles d'Arlette.

– Elle est très prise, des démarches à faire, et puis il va falloir libérer l'appartement de Sartre, y a-t-il quelque chose à quoi tu tiennes particulièrement?

Je répondis machinalement, sans saisir l'importance que cette phrase prendrait par la suite. Il se leva.

– Il faut que je parte.

– Je t'accompagne jusqu'au tabac.

Il s'éloigna, je le suivis des yeux en sanglotant, j'étais torturée, j'aurais dû l'accompagner, j'imaginais naïvement qu'il allait se recueillir au cimetière. Je remontai chez moi, le téléphone sonna.

– C'est Pierre, je suis chez Sartre avec Arlette, malheureusement la lampe de chevet de ta mère et la radio ne sont plus là, mais tu peux avoir la couverture et la lampe Giacometti...

– Comment ça, elles ne sont plus là! Quelle lampe?

– Tu sais, le lampadaire...

– Tu es fou, c'est moi qui l'ai acheté aux puces, c'est celui de ma mère que je voulais, c'est tout ce qui me reste d'elle.

Une demi-heure plus tard, on déposa chez moi le lampadaire, la couverture et la table basse en verre fumé que Castor avait achetée pour Sartre.

Je regardai, hébétée, ces objets sortis de leur cadre, et réalisai à quel point j'avais été dupée. Ainsi, Pierre en me quittant allait rejoindre Arlette pour « libérer » l'appartement de Sartre et s'était bien gardé de m'en parler.

J'étais révoltée par tant de sournoiserie et d'indécence. Comment avait-on osé s'emparer des meubles, des livres, des choses intimes de Sartre sans attendre que Castor le décide en toute priorité? Castor était hospitalisée, rien ne pouvait justifier une telle urgence.

Sylvie m'apprit que Castor était bouleversée, elle désirait la chaise de Sartre, celle qui lui venait de son arrière-grand-père, on la lui avait refusée.

– Ne vous inquiétez pas, je vais la récupérer.

Je téléphonai à Arlette et lui dis que je désirais la voir. Elle me répondit qu'elle était très occupée mais j'insistai. Elle me fixa un rendez-vous au Dôme quatre jours plus tard. Arlette me recevait toujours chez elle et n'avait jamais prétexté de son emploi du temps lorsque je la sollicitais. Je connaissais ses occupations et son caractère; son hésitation, sa méfiance étaient significatives et présageaient d'une rencontre pour le moins heurtée.

– Vous savez pourquoi j'ai désiré vous voir? Je viens vous demander la chaise, Castor y tient beaucoup.

– Moi aussi, j'y tiens beaucoup.

– Comment pouvez-vous vous comparer à Castor, vous croyez que Sartre aurait voulu ça?

– Vous êtes venue me faire la morale...

– Je suis venue vous demander la chaise, vous n'aviez pas le droit...

– Je tiens tout autant à cette chaise.

Elle se leva, je la suivis, nous marchions côte à côte, silencieuses. A l'angle de la rue Delambre, elle s'arrêta et me dit sur un ton tranchant :

– Vous pouvez lui dire qu'elle l'aura!

Douze jours plus tard, quelqu'un d'anonyme sonna à la porte de Castor, et déposa la chaise.

Qui ne connaît de quoi sont faits les heures, les jours, les nuits qui succèdent à l'absence irrémédiable d'un être aimé? Les rues, les lieux, les odeurs, la musique, tout est à éviter et cependant inévitable. Mais le fauteuil est là, son fauteuil. Partout où le regard se pose, la présence, la voix ramènent en mémoire des séquences intactes de vie qui, sanctionnées par la mort, se transforment en désespoir, alors qu'elles furent un tel bonheur.

Toutes les « premières fois », sans Sartre, m'enfonçaient un peu plus. La première tartine que j'allais porter à ma bouche, je l'ai jetée au sol avec violence. Mes premières vacances furent un réel gâchis. Au premier retour de vacances, ma décision était prise : je déménagerais, j'irais ailleurs.

Castor m'en dissuada. Elle était brisée par le chagrin, mais elle travaillait. La modestie s'imposait.

27

J'ai vu régulièrement Castor pendant les six années où elle survécut à Sartre. J'aurais fait n'importe quoi pour elle, j'ai fait ce qu'elle a bien voulu accepter.

Je l'aimais Castor, elle m'aimait bien je crois.

Après la mort de Sartre, c'est à elle que je demandais conseil, elle m'orientait dans mes lectures, m'aidait à organiser mes vacances, m'incitait à voir tels films, me consolait, m'invitait dans d'excellents restaurants avec Sylvie. Elle était si semblable à Sartre dans sa manière d'être avec moi que, petit à petit, je replongeais dans la peur : et si elle allait mourir!

Je savais par Sylvie ce que Castor vivait depuis la mort de Sartre, mais lorsque le 15 avril 1982 je les emmenais toutes deux à la clinique, je sus avec certitude que sans Sylvie, Castor ne vivrait plus.

Sylvie s'était cassé la cheville à Londres, où on l'avait plâtrée. De retour à Paris, on lui fit une radiographie.

Je ramenai Castor chez elle, l'attente serait trop longue, et retournai près de Sylvie. Le verdict tomba : il fallait opérer. Je ne voulais pas annoncer à Castor cette nouvelle par téléphone : je la rejoignis.

Lorsqu'elle l'apprit, elle s'effondra. Elle sanglotait et gémissait :

– Non, pas Sylvie, pas ma Sylvie, pas aujourd'hui...

Je m'agenouillai, elle se blottit dans mes bras.

– Et si elle ne se réveille pas, pas aujourd'hui.

Elle pleura longtemps, et me demanda de l'emmener voir Sylvie. Je savais qu'il était trop tôt, mais j'acceptai. Dans la chambre, le lit était vide. Castor regardait sans cesse sa montre, je tentai de la rassurer :

– Je vous l'avais dit.

Sylvie arriva enfin, elle n'était pas tout à fait réveillée, Castor prit peur, l'infirmière la calma.

– Elle s'est très bien réveillée, ne craignez rien, allez, mademoiselle, ouvrez les yeux.

Nous étions de chaque côté du lit, Sylvie ouvrit les yeux et d'un geste prompt nous prit la main au même moment. Castor retenait son émotion avec difficulté, Sylvie s'en aperçut et se mit à parler :

– Castor, Liliane, j'ai vu du bleu, un joli bleu.

Elle parlait, parlait, elle finit par nous faire rire. Après un long moment, elle était tout à fait réveillée, elle vit que Castor avait pleuré.

– Castor, vous allez rentrer et nourrir cette pauvre petite Liliane qui n'a pas mangé de la journée.

Elle me serrait la main très fort afin de me faire comprendre (ce que j'avais compris tout de suite) qu'à aucun prix je ne devais laisser Castor seule. Rassurée, Castor accepta de rentrer chez elle. Sylvie nous avait fait le menu, le congélateur était rempli de victuailles.

Castor choisit une bonne bouteille de bordeaux rouge, et dans l'intimité de la petite cuisine, notre repas, mon premier repas chez Castor, fut presque joyeux.

Soutenue par Sylvie, Castor se remit au travail et la vie sembla continuer malgré tout.

1986 :

– Allô, Liliane (je reconnus la voix de Sylvie), figurez-vous que Castor est à l'hôpital, le médecin l'a envoyée d'urgence pour une crise d'appendicite aiguë, je vous rappelle ce soir.

Castor ne fut pas opérée, on lui fit des tas d'examens. Quarante-huit heures plus tard, rien n'avait changé. Je fus saisie d'un sombre pressentiment. Pourquoi ne l'opérait-on pas? Le diagnostic est relativement simple... Une anesthésie, à son âge, présente un risque, certes, mais une urgence est une urgence...

Quelle catastrophe allait-on nous annoncer? On opéra Castor, elle eut ce que l'on nomme une complication post-opératoire, on la mit en réanimation, et le cauchemar recommença.

Sylvie me donnait régulièrement des nouvelles, elles variaient selon les jours, les heures. Je naviguais entre l'espoir et l'angoisse.

Lorsque le mois d'avril s'annonça, mon pressentiment devint intolérable. Sylvie semblait forte, je ne la décourageais pas.

Un soir, vers minuit, Sylvie eut envie de voir Castor, nous entrâmes comme d'habiles voleuses. Castor était étendue sur un lit placé au centre d'une pièce surchauffée. Elle dormait. Je n'avais pas vu Castor depuis son admission à l'hôpital, je la regardais respirer et compris qu'elle allait mourir.

Le 14 avril à quinze heures, Sylvie me téléphona :

– Liliane, je suis à l'hôpital, Castor vient de mourir.

Je savais qu'elle ne vivrait pas un nouveau 15 avril. Je me précipitai à l'hôpital, personne ne m'empêcha d'entrer.

Je fixais le visage de Castor, persuadée qu'elle allait ouvrir ses beaux yeux bleus. Je ne sais combien de temps nous sommes restées, sans échanger un mot, sans verser une larme. On nous pria de partir, on emmena Castor, je crois. J'accompagnai Sylvie où elle le désirait.

– Cela ne vous ennuie pas que nous allions chez Castor?

– Bien sûr que non.

Je regardais la pièce où vivait Castor, tout était à sa place, je ne pouvais pas croire qu'elle n'y reviendrait plus.

Sylvie désirait revoir Castor, et je l'accompagnai. Nous entrâmes dans l'amphithéâtre, elle déclina son identité. On nous amena Castor, étendue sur une table roulante, elle était vêtue d'une robe de chambre rouge.

Avec un naturel qui restera à jamais une leçon pour moi, Sylvie me demanda de soulever la tête de Castor afin de lui mettre son foulard. Je pris le visage glacé dans mes mains et soulevai sa tête. Patiemment, tendrement, comme elle l'avait fait si souvent, Sylvie noua le foulard rouge autour du visage de Castor pour la dernière fois.

> « Tu sais, petite, un mort, ça ressemble à quelqu'un qui dort. Ça n'est pas si terrible, va, ce qui est terrible, c'est qu'il soit mort. »

« Chère Liliane,
« Mes pensées se tournent bien souvent vers vous en ce moment même pendant les heures de tournage. Une troisième étape de votre vie commence maintenant. Il vous a appris à vivre sans votre mère et, si vous ne retenez que le meilleur, je crois qu'il vous aura également appris à vivre sans lui. Et puis ne perdez jamais de vue que la vraie déchéance lui a été épargnée. La mort de votre neveu est un scandale, pas celle de Sartre qui est dans l'ordre chronologique des choses. La vie c'est vous, Gérald, la petite Émily, *voilà* ce qui est prioritaire. Si cette lettre vient trop tôt, oubliez-la sitôt lue mais sachez que je suis à côté de vous.

François. »

Cet ouvrage a été réalisé sur
Système Cameron
par la SOCIÉTÉ NOUVELLE FIRMIN-DIDOT
Mesnil-sur-l'Estrée
pour le compte des Éditions Maren Sell
le 13 octobre 1988

Imprimé en France
Dépôt légal : octobre 1988
N° d'édition : 020 – N° d'impression : 10561